UN DESEO PERVERSO

La liga de los pícaros - 5

LAUREN SMITH

Traducido por
L. M. GUTEZ

ISBN: 978-1-956227-33-8 (edición libro electrónico)

ISBN: 978-1-956227-77-2 (edición papel)

AVANT-PROPOS

Querido lector,

A veces una historia debe comenzar en un momento muy particular y eso significa omitir algunas escenas. Antes de empezar a escribir las historias de Audrey o Gillian, tuve una repentina y (espero que coincidas conmigo) maravillosa idea de contar dos historias cortas que introdujeran las aventuras completas de Gillian y Audrey. Así que estas dos historias no son escenas eliminadas, ni fueron dejadas fuera de los libros de Audrey y Gillian, pero siento que estas dos historias tenían que ser contadas.

Estas dos historias cortas te mostrarán lo que una dama y su criada hicieron el día previo a sus aventuras cuando deciden infiltrarse en un club infernal. Así que, por favor, perdona que estas historias terminen con un tono de incertidumbre, pero tranquilo, Audrey y Gillian tendrán sus finales felices con Jonathan y James en sus libros completos: *Un Oscuro Secreto* y *El Conde de Pembroke*.

Con cariño, querido lector,

Lauren Smith

CAPÍTULO 1

illian Beaumont sabía que el día iba a estar lleno de problemas. Mientras trabajaba para domar los rizos del cabello de su ama, comenzó a preocuparse por el brillo malicioso en los ojos de Audrey Sheridan. Gillian estaba acostumbrada a ese brillo travieso, pero hoy parecía especialmente intenso; y la forma en que sus labios se curvaban en los extremos en una pequeña sonrisa aumentaba aún más la preocupación de Gillian. La última vez que la había visto así, Audrey había estado persiguiendo a un pícaro alrededor de un sofá, exigiendo que la besara.

—Listo, mi señora —Gillian terminó de colocar la última horquilla en el pelo de su ama.

Los ojos marrones de Audrey centellearon al encontrarse con la mirada de Gillian en el espejo.

—Perfecto. Hoy tengo que lucir impecable. La Liga vendrá para el té dentro de una hora y... —un delicado rubor floreció en sus mejillas.

—¿Y el señor St. Laurent estará allí?

—Eh... supongo que sí —respondió Audrey vagamente.

Gillian era demasiado consciente de lo que su señora sentía por ese caballero en particular. Era un hombre apuesto, de ojos

1

verdes y pelo rubio besado por el sol. Gillian suponía que era atractivo, pero nunca la hacía sentir de la forma en que había oído que las mujeres debían sentirse con un hombre que les gustara.

Gillian se miró la cara en el espejo mientras ordenaba el tocador. Tal vez ella era diferente a las demás damas. Colocó los cepillos con mango de marfil junto a un juego de exquisitos peines de carey. A diferencia del cabello castaño oscuro de Audrey, el de Gillian era de un marrón poco llamativo y sus ojos de un suave gris jaspeado. Nunca había destacado como una belleza, pero tampoco era poco atractiva. Era, en definitiva, la clase perfecta de mujer sencilla que funcionaba mejor como dama de compañía o acompañante.

Como bastarda de un conde, a Gillian le habían enseñado a no esperar mucho de sus circunstancias, aunque su padre les había proporcionado lo suficiente a ella y a su madre. Habían llevado una vida cómoda, aunque modesta, en una pequeña casa adosada cerca de Mayfair. A sus quince años, su padre murió y ella se vio obligada a trabajar para mantener a su madre enferma. No tenía ninguna experiencia real como acompañante, pero se había enterado por una amiga de su madre que el vizconde Sheridan buscaba una dama de compañía para su hermana menor, alguien cercana a su edad.

No era habitual tener una dama de compañía tan joven, pero Audrey había insistido en que su doncella se aproximara a su edad. Y así fue como Gillian, de casi dieciséis años en ese entonces, se había convertido en la criada de Audrey y en su sombra leal y protectora. Un año después, la madre de Gillian había fallecido.

Ahora mamá ya no está, y yo estoy sola.

Gillian frunció el ceño. Eso no era cierto. En muchos sentidos, ser la dama de compañía de Audrey era algo así como ser la amiga de Audrey. Compartían secretos y vivían muchas aventuras, y Gillian se sentía cómoda. Había una familiaridad entre ellas que ciertamente no era normal para una criada y una dama.

Audrey tenía un gran corazón y un espíritu que no podía ser enjaulado.

—Gillian, ¿podrías hacer algunos recados por mí hoy? Creo que tenemos que publicar algunos artículos en *La Gaceta del Monóculo de Cristal* que tendrán que salir en las próximas semanas. ¿Te importaría ocuparte de eso por mí? —Audrey estaba tirando de la cintura de su vestido de muselina y batista azul, el cual se ajustaba perfectamente a su cintura. El vestido tenía diseños ornamentados en el corpiño. El estilo del vestido y su cintura alta hacían que el diminuto cuerpo de Audrey pareciera más largo. La falda completa estaba adornada con una gasa de color lavanda que le daba un aspecto ligero y casi plumífero en el dobladillo.

Audrey tenía un gusto exquisito, algo que había insistido en que su criada cultivara también. Gillian llevaba un vestido de muselina de color lavanda con más estilo que el que solía llevar una doncella. Se acercaba al estilo de los vestidos que había utilizado cuando su padre estaba vivo.

—¿Y bien? ¿Te importaría mucho? —la voz de Audrey sacó a Gillian de sus pensamientos.

—Por supuesto, mis disculpas, mi señora. Estaba soñando despierta. Sí, déjeme los artículos y me encargaré de entregarlos a quien corresponda.

—Excelente —Audrey se dirigió a su escritorio y sacó tres artículos cuidadosamente empaquetados y se los entregó a Gillian.

—¿Necesita algo más, mi señora?

—De momento no. Ah, y recuerda que esta noche iremos a ese club infernal.

Gillian se congeló a mitad de camino, con la columna vertebral rígida. El club infernal, ¿cómo lo había olvidado?

—Mi señora, no creo que debamos...

Audrey dio un golpecito con su delicado pie y cruzó los brazos sobre el pecho.

—Gillian, sabes que ese horrible Gerald Langley pertenece a

ese club. ¿Cómo se llamaba? —Audrey ladeó la cabeza, levantando la mirada mientras parecía hurgar en su memoria—. Pecadores y Sádicos, no... ¡Espera! —levantó un dedo en el aire—. Los Pecadores Impíos del Infierno.

Gillian se estremeció.

—¿Debemos ir esta noche? Los hombres podrían ser peligrosos —no era que sus vidas estuvieran libres de cotilleos y problemas, ya que el hermano mayor de Audrey, Cedric, era miembro de la infame Liga de Pícaros. En más de una ocasión, Cedric y sus amigos se habían visto envueltos en situaciones mortales, y provocaban escándalos al menos cada dos semanas. Lo último que Audrey necesitaba era huir y buscar más problemas, al menos esa era la opinión de Gillian.

—Tonterías. No debería pasarnos nada. Permiten que las damas asistan a sus festividades impías, y si llevamos a Charles y a su ayuda de cámara como escoltas, estaremos bastante seguras.

—¿Lord Lonsdale? No es exactamente un hombre de buena reputación. Sé que recuerdas a los cisnes. Todo el mundo se escandalizó.

Audrey soltó una risita.

—Por supuesto que sí. Yo estuve allí. Charles no es tan malo. Me costó muchísimo intentar besarlo, ¿recuerdas? Es más caballeroso de lo que parece.

Con un pequeño bufido que no estaba exactamente conforme con la situación, Gillian se dirigió a la puerta, pero Audrey la detuvo.

—¡Los vestidos! Lo había olvidado por completo. Debes ir a casa de Madame Ella a por los vestidos. Pruébatelos para comprobar que se ajustan bien.

Gillian suspiró y asintió. No era la primera vez que le pedía que se probara uno de sus vestidos. Eran casi idénticas en cuanto a estatura; las dos eran bajitas y rellenitas. Sospechaba que su ama estaba intentando provocarle un poco de placer, pero Gillian temía anhelar cosas que nunca podría tener.

Desde el momento en que había crecido lo suficiente como

para comprender su lugar como hija ilegítima de un miembro de la nobleza, había dejado de admirar los vestidos más bonitos y había renunciado a sus sueños de encontrar un buen caballero para contraer matrimonio. La aceptación de su destino como sirvienta doméstica había sido agotadora, y aunque adoraba trabajar para Audrey, incluso cuando estaban metidas en problemas, eso no le impedía desear una vida tranquila en una casita de campo en algún lugar.

—Gracias —Audrey la empujó suavemente hacia el vestíbulo y Gillian bajó las escaleras para buscar su capota y su monedero. Para cuando terminara sus recados, la Liga de Pícaros y sus esposas habrían llegado para beber el té, y Audrey tendría pocas posibilidades de meterse en problemas.

Gillian le sonrió a Sean Hartley, el joven y apuesto lacayo irlandés, mientras le entregaba un pequeño monedero.

—¿Y qué recados te ha encargado hoy nuestra señora? —preguntó Sean, su acento irlandés y su buen aspecto eran una tentación para todas las criadas de la residencia Sheridan.

—Tengo que recoger unos vestidos, y algunos artículos deben ser publicados. ¿Podrías conseguirme un carruaje?

Sean esbozó una amplia sonrisa.

—Más vestidos. Uno pensaría que tiene suficientes —bromeó y le guiñó un ojo a Gillian.

Gillian le devolvió la sonrisa.

—Sí, cualquiera pensaría eso —le agradaba Sean. Era como un hermano mayor, juguetón y amable.

La dejó sola en el vestíbulo mientras él llamaba a un carruaje. Presionó su bolso y los artículos de la *Gaceta* contra su pecho, asegurándose de no dejar caer ninguno de los dos por accidente. No había ojos cerca, lo cual era bueno porque Sean sabía la verdad de la doble vida de Audrey. Se podía confiar en él, pero ni Audrey ni Gillian querían arriesgarse a que nadie más lo supiera.

Era el secreto mejor guardado de su ama. La infame y a veces excesivamente crítica pluma de Lady Society, la anónima columnista social de *La Gaceta del Monóculo de Cristal*, no era otra que

Audrey Sheridan. La ama de Gillian llevaba años escribiendo artículos en los que desafiaba a los caballeros a enamorarse y exponía públicamente a los miembros de la sociedad que intentaban perjudicar a los demás, pero su pasatiempo favorito era hacer de casamentera para los pícaros que ella apreciaba.

Su última victoria había sido exponer el libro de apuestas de White's, donde un hombre llamado Gerald Langley había ofrecido cinco mil libras por arruinar públicamente a una mujer. Pero Audrey aún no había terminado con él; tenía toda la intención de hacer pública la participación de Langley en el club infernal.

Y debo seguirle la corriente, o de lo contrario ella se metería en verdaderos problemas. Gillian sacudió la cabeza, tentada a reírse. ¿Ella siempre tenía que ser la voz de la razón? Era agotador mantener y mantener a su ama alejada de los problemas. Lo que Audrey realmente necesitaba era un hombre que la persiguiera y la mantuviera fuera de peligro mientras ella vivía su vida de aventuras. Un hombre como Jonathan St. Laurent. Una vez que Audrey se casara, Gillian conseguiría un aliado en el marido de su ama, y por fin podría relajarse.

Sean regresó y le abrió la puerta principal de la casa.

—No te preocupes, la vigilaré —prometió Sean.

—Gracias —Gillian lo dijo en serio. Le preocupaba, como a todos los sirvientes, que Audrey se metiera en un lío del que no pudiera salir si no la cuidaban. Gillian subió al carruaje, se acomodó y cerró los ojos brevemente. Le esperaba una larga noche si debían infiltrarse en el club infernal después de la medianoche.

Cuando llegó a la tienda de la modista Madame Ella, ya había descansado y entregado con éxito los artículos de Lady Society a su editor. Se sentía renovada y preparada para lidiar con las pruebas del vestido de Audrey. Conociendo a su ama, podía tardar un rato si los vestidos eran elaborados, y siempre lo eran.

Hizo que el chófer la esperara mientras ella entraba en la tienda. Una mujer madura con el pelo gris plateado estaba arrodillada junto a una joven que llevaba un vestido de seda rosa. La joven parecía tener la edad de Audrey y Gillian, diecinueve años. Tenía el pelo castaño claro, peinado de forma profesional, y le sonrió agradablemente a Gillian, asumiendo, por su ropa, que probablemente era una joven de un círculo social similar.

Madame Ella levantó la mirada y sonrió.

—¡Señorita Beaumont! Qué gusto. Tengo los vestidos, pero tendrás que probarte los dos para estar segura —la modista sabía que Gillian se probaba los vestidos cuando Audrey no podía asistir.

—Por supuesto —Gillian cruzó la tienda, dejó sus cosas en una pequeña zona con cortinas y luego cogió los dos vestidos de Madame Ella. Se quitó rápidamente su propio vestido de paseo y se probó primero el vestido de noche, de confección sencilla. Tenía botones en la parte delantera, y lo examinó fácilmente en el estrecho espejo del pequeño probador. Sin embargo, el vestido de noche de Audrey requería ayuda para atarse los lazos en la espalda.

—¿Madame Ella? Necesito ayuda con los lazos.

La cortina se movió y ella se giró a medias, miró por encima de su hombro y se quedó boquiabierta. Un hombre apuesto, de pelo oscuro y suaves ojos marrones, la miraba fijamente, con los labios entreabiertos. Llevaba un par de guantes leonados en las manos, pero no se movió. Su espalda, parcialmente desatada, estaba expuesta a su mirada. Sus ojos recorrieron la longitud desnuda de su columna vertebral, y ella casi pudo sentir su mirada, como dedos invisibles bailando sobre su piel.

Sintió vértigo al saber que él la estaba viendo así, expuesta y vulnerable de una forma muy sensual. Sus labios se curvaron, mostrando apenas un atisbo de lo que debía estar pensando mientras la recorría de nuevo de pies a cabeza. Mirando sus ojos marrones, Gillian sintió que caía en un abismo de pensamientos oscuros y eróticos. Una pequeña voz en el fondo de su mente le advirtió que estaba en un territorio peligroso. Si hubiera sido una dama como Audrey, podría haberse visto comprometida por esto.

—Mis disculpas —el hombre se recuperó y desvió la mirada.

Sus mejillas se tiñeron de rojo. La cara de Gillian también se sonrojó. Sin embargo, ella seguía sin encontrar su voz. Cuando miró fijamente al alto desconocido de pelo oscuro, simplemente dejó de *pensar*. Su corazón se agitó salvajemente, y su corsé se sintió repentinamente demasiado apretado.

—¿James? —gritó una voz femenina—. ¿Dónde estás? Me gustaría ver si los guantes hacen juego con este vestido.

James, su apuesto desconocido, le dedicó una media sonrisa y luego bajó lentamente la mano que sostenía la cortina. Justo antes de que su rostro desapareciera de la vista, sus ojos se fijaron en los de ella, y con una sonrisa arrogante le susurró:

—Nunca te avergüences de mostrar una piel tan bonita.

La cortina volvió a su sitio y Gillian pudo volver a respirar. Presionó los brazos contra sus pechos, sintiéndolos encendidos. Intentó calmarse. ¿Quién era él? ¿Por qué no había bajado la cortina de inmediato? Seguramente él sabía que su comportamiento había sido muy escandaloso.

—¿Señorita Beaumont? ¿Está lista para que la ayude con los lazos del vestido? —llamó Madame Ella desde el otro lado de la cortina.

—Sí, por favor, adelante —contestó ella, con su voz sin aliento. La modista entró y se ocupó rápidamente de los lazos.

—Bueno, ¿cómo te queda? —Gillian se apresuró a estudiar el vestido y asintió con la cabeza en dirección a la modista.

—Esto servirá. Gracias, Madame Ella —intentó desesperadamente ordenar sus pensamientos. ¿Lo volvería a ver en la tienda? Si había estado ayudando a una mujer a comprar guantes, lo más probable era que ya se hubiera ido, ya que Gillian se había tomado su tiempo para terminar de probarse el vestido de Audrey. Esperaba que se hubiera ido para no tener que verlo, pero tampoco quería que se fuera. Tenía sentimientos encontrados. Volvió a ponerse su vestido color lavanda y salió del probador. Su zapatilla de casa se enganchó en la alfombra y tropezó.

—¡Oh! —jadeó Gillian, preparándose para una caída, pero terminó cayendo justo en un duro pecho masculino. Unas manos suaves envolvieron su cintura, sujetándola. El hombre la sujetó con más firmeza y la levantó ligeramente hacia sus brazos, de modo que ella se presionó completamente contra él. El tentador aroma a sándalo invadió su nariz, y levantó la cabeza para mirar al hombre.

Él.

El apuesto y misterioso hombre llamado James. Sus ojos marrones eran cálidos y brillantes. El estómago de Gillian dio un vuelco.

—Me disculpo otra vez —James se rio y dudó un momento antes de soltar su cintura.

—¿James? ¿Qué estás haciendo? —era la bonita morena que Gillian había visto al entrar en la tienda.

—Letty —James la saludó cálidamente y se apartó de Gillian, pero solo lo suficiente para permitir que la otra mujer se acercara a los dos.

—Hola —Letty le sonrió a Gillian—. ¿No me digas que mi hermano mayor te estaba molestando? Juró portarse bien hoy. No es que yo le haya creído, por supuesto. Es un poco pícaro, ¿eh? Los problemas lo persiguen —los ojos de Letty eran del mismo marrón encantador que los de su hermano. Gillian odiaba admitir que se sentía aliviada de que fueran hermanos y no...

No debería importar, pero importa.

—No, él está bien. Quiero decir, se estaba comportando... —una nueva ola de calor y vergüenza la recorrió. Normalmente, Gillian no hablaba con las damas, no así.

—Parece que estoy interrumpiendo el día de la señorita... —James miró expectante a Gillian, esperando claramente que le dijera su nombre. Este tipo de presentación no era apropiado, pero, a estas alturas, *nada* entre ellos había sido apropiado.

—Beaumont. Gillian Beaumont —el difunto Conde de Morrey había sido Richard Beaumont, pero aunque ella llevaba el apellido de su padre, nadie haría la conexión ni adivinaría que había nacido de manera ilegítima. Había muchos Beaumont en Londres que no tenían relación con el título de Morrey.

—Es un placer conocerla, señorita Beaumont. Soy Leticia Fordyce, y este es mi hermano James, Lord Pembroke.

Los pulmones de Gillian se quedaron sin aire. *El Conde de Pembroke*. Había oído los susurros de las amigas de Audrey mientras bebían el té, hablando de ese hombre de sonrisa perversa y suaves ojos marrones. Era una mezcla de fantasía pícara con un perfecto caballero. Un enigma que las damas de la *alta* no podían descifrar. Y, sin embargo, nadie había ganado su corazón. Era justo el tipo de hombre con el que ella habría deseado bailar en un baile, un hombre con el que podría haber tenido una oportunidad si su madre hubiera estado casada con el conde de Morrey en lugar de ser su amante. Pero esa vida nunca sería suya, y tenía que dejar de pensar en lo que podría haber sido.

Gillian se esforzó por pensar.

—Es un placer conocerlos a ambos —logró decir finalmente.

¿Qué haría Audrey Sheridan? Gillian sabía exactamente lo que Audrey haría, y no era lo que ella haría.

—¿Así que mi hermano está interrumpiendo tu día? —Letty esbozó una gran sonrisa, una sonrisa pícara curvando su boca de arco de Cupido mientras los miraba.

James miró sus propias botas antes de mirar a Gillian con una sonrisa tímida que la forzó a concentrarse en sus labios. Aquel hombre tenía unos labios irresistibles. Ella se sobresaltó. Rara vez se permitía pensar en hombres de esa manera. Su vida siempre se había centrado en el trabajo y en mantenerse ocupada. Sobrevivir en Londres significaba dejar de pensar en el matrimonio. Ningún hombre aceptaría como esposa a una mujer ilegítima sin dinero, al menos nadie por encima de la posición de Gillian.

—Creo que Lord Pembroke la buscaba a usted y yo me tropecé con él —respondió Gillian, intentando ocultar sus nervios. No estaba acostumbrada a hablar directamente con miembros de la nobleza.

—Ah —Letty soltó una risita.— Hemos terminado con

Madame Ella. ¿Tú también? He pensado que podríamos ir a Gunter's a por unos helados. ¿Te gustaría acompañarnos?

La expresión de Letty estaba tan llena de esperanza que el corazón de Gillian se retorció de culpa. Tenía que negarse. No podía ir a Gunter's, no con el conde y su hermana. Era imposible. La habían confundido con una dama de origen noble como Audrey.

Se esforzó por encontrar una excusa.

—Lo lamento, pero debo ir a una librería y recoger algunas novelas.

—Oh... —la expresión de Letty cambió, pero los ojos marrones de James brillaron mientras miraba fijamente a Gillian.

—Nosotros también necesitamos novelas, ¿verdad, Letty? Te acompañaremos, y una vez que hayamos satisfecho nuestra sed literaria, podremos saciar nuestra sed física en Gunter's con té y helados —el conde declaró su plan con tal determinación que Gillian no veía cómo podía rechazarlo.

—Supongo que eso estaría bien... —vivir una pequeña mentira durante unas horas no hacía daño, ¿verdad?

—¡Maravilloso! ¿Ha traído un carruaje, señorita Beaumont? Tenemos uno y estaríamos encantados de llevarla a casa después de Gunter's, si quiere ahorrarle tiempo a su chófer —ofreció Letty.

—Oh no, está bien. Le diré que me lleve a Gunter's y espere allí —dijo Gillian. Si la dejaban en la casa Sheridan, en la calle Curzon, él no tardaría en averiguar su verdadera identidad. Si descubrían su engaño, no podría enfrentarse a ellos. Si podía fingir durante un tiempo, todo estaría bien.

No debería hacer esto... pero Audrey no me necesita esta tarde, y será agradable fingir durante unas horas. Si las circunstancias fueran diferentes, esta podría haber sido mi vida. Era bastante egoísta decir que sí a esta locura, lo sabía, pero le fascinaba James y le gustaba su hermana. Seguramente una visita a una librería y a Gunter's no la perjudicaría. Seguramente...

CAPÍTULO 2

James Fordyce estaba hechizado. Era como si una hechicera hubiera entrado en la tienda de vestidos de Madame Ella y hubiera arrojado sobre él una brillante red de luz. En el momento en que apartó accidentalmente la cortina del vestidor y la vio, fue como si ninguna otra mujer hubiera existido antes o después en su mente. Era un pícaro declarado que había hecho cosas que sonrojarían a su padre si aún viviera y, sin embargo, esta mujer lo había hecho sentirse como un adolescente de diecisiete años, embelesado y boquiabierto mientras la miraba con los ojos muy abiertos.

Había perdido todo pensamiento racional cuando vislumbró sus hombros y espalda desnudos. Su piel lechosa estaba expuesta por el vestido abierto desde el cuello hasta justo por encima de unas pompis deliciosamente redondas. Tuvo que reprimir sus instintos más perversos para evitar sujetar sus caderas y tirar de ella contra él.

Una vez que vio esos suaves ojos grises, se perdió. Eran tan pálidos como la niebla de la mañana cubriendo un campo de campanillas. Cuando miró las profundidades de sus ojos, tuvo la extraña sensación de estar flotando en algún lugar entre las nubes, donde el tiempo pareció detenerse y no necesitó pensar ni respirar más allá de ese único momento. Nunca nadie lo había hecho sentirse así. Algo en esta mujer despertó en él un deseo desenfrenado de despojarla de sus ropas y poseerla allí mismo, en la tienda de la modista. ¿Cómo era posible?

En el último momento, recordó vagamente que era un caballero, y que verla de esa manera podría arruinar a la encantadora dama de sangre noble.

Gillian Beaumont.

Un nombre encantador para una mujer encantadora. Su rostro no era lo que la mayoría de los hombres podrían considerar como una belleza típica, pero había algo honesto y encantador en sus ojos y en la franqueza de su expresión. Muchas mujeres de la *alta* ocultaban su verdadero ser, pero no la señorita Beaumont. Y había sido afortunado por tener a Letty a su lado para convencer a la dama de que los acompañara a Gunter's. Si pudiera reclamar un par de horas con esta mujer, lo haría. Mientras acompañaba a su hermana y a la señorita Beaumont a la salida de la tienda, quiso saltar como un adolescente.

—Deja que yo las lleve —retiró las cajas de ropa de los brazos de la señorita Beaumont y la acompañó hasta su carruaje. Eso le dio la oportunidad de admirar el vaivén de sus caderas y el movimiento de sus faldas color lavanda mientras se alejaba para informar a su chófer que la esperara en Gunter's, la tienda de té.

—Espero que estés llevando a casa ese vestido púrpura oscuro, el que te vi probándote —bromeó James, y esperó que eso no la hiciera subir a su carruaje y huir.

—Yo... —ella se sonrojó de una forma muy linda, y él no pudo evitar soñar en qué otro lugar podría sonrojarse una vez que la tuviera debajo de él en una cama. El pensamiento hizo que su cuerpo se pusiera rígido por la necesidad, pero la reprimió con mucho esfuerzo.

—Bueno, ¿lo has hecho? —él esbozó una amplia sonrisa mientras le entregaba las cajas al conductor del carruaje, quien las aseguró en los compartimentos traseros.

Ella asintió.

—Ya me lo había probado. Solo tenía que asegurarme —su respuesta fue tan metódica que él quiso reírse. No se parecía a ninguna mujer que él hubiera conocido. La mayoría de ellas no pensaban en los vestidos de forma tan práctica. En cambio, se entusiasmaban con el corte del escote o el bordado del dobladillo.

—Me alegro de que así sea. Espero verte pronto con él. Un vestido tan encantador llamará la atención de todos los hombres en un salón de baile.

Gillian bajó la cabeza, y esas encantadoras mejillas se mantuvieron rojas y brillantes.

—Supongo que sí.

Había algo en su tono que parecía nostálgico. Él ladeó la cabeza. Seguro que ella se pondría el vestido y no lo dejaría olvidado en un armario. Eso sería una desgracia.

Una vez que regresaron a su carruaje, James abrió la puerta para las damas. Cuando él bajó la cabeza para entrar, vio a Letty montando un espectáculo al apilar las cajas de vestidos a su lado, con una voz casi trémula mientras comentaba lo mucho que le gustaban sus recientes adquisiciones.

James ocultó una amplia sonrisa ante la perspicacia y el carácter juguetón de su hermana por comprender que él deseaba sentarse junto a la señorita Beaumont. Tendría que encontrar una forma de agradecérselo más tarde, porque de momento tuvo que ocupar el único asiento disponible, junto a su nueva conocida, quien le dedicó una mirada de sorpresa antes de moverse hasta el otro extremo del banco. James se sentó y le dedicó una sonrisa mientras dejaba que su rodilla izquierda cayera levemente sobre ella, apenas rozándola. Era imposible no deleitarse con el color de sus mejillas. La dama tuvo una gran control y no se apartó de él.

Cuando entraron en la librería, James fue recibido por el agradable olor a humedad del papel y el cuero viejos. La tarde entraba por las cortinas en el frente de la tienda, haciendo que los lomos con letras doradas brillaran y parpadearan. Siempre había adorado la lectura, y su propia biblioteca en su finca era extensa. Miró hacia la señorita Beaumont, y ella estaba mirando la tienda con el mismo apetito y aprecio por la literatura. Ella pareció percibir su atención y sus ojos se volvieron hacia los de él.

—¿Amante de los libros? —preguntó en voz baja.

—Sí, definitivamente. ¿Y usted, Lord Pembroke? —contestó ella, mientras sus ojos se posaban finalmente en él.

—Definitivamente —repitió—. Los libros alimentan los sueños y las mentes de hombres y mujeres por igual. Una persona que no ama los libros no es una persona que valga la pena conocer.

—Estoy muy de acuerdo. Si no lees, a menudo tienes muy pocas cosas valiosas para decir en una conversación —añadió ella.

—Bueno —dijo Letty con una risita—. Veo que estarán bien si los dejo por unos minutos. El comerciante debe ayudarme a encontrar el libro que busco —huyó y se escondió en una zona apartada de la tienda donde no podía ser vista. James quería cacarear en señal de triunfo. Sin duda, su hermana estaba actuando de casamentera y él no podía estar más encantado. Ella había ahuyentado a más de una dama que había intentado llamar la atención de James, pero a su hermana parecía agradarle la señorita Beaumont.

James acompañó a la señorita Beaumont al interior de la librería.

—¿Dónde puedo acompañarla? ¿Quizás a lo último en ciencias, o a la sección de filosofía, o a las novelas más recientes?

—Las novelas, si es tan amable —sus ojos de un color azul grisáceo contenían un leve brillo que despertó en él la esperanza de poder conquistarla con sus bromas.

—¿Las novelas? Por aquí —la condujo a través de unos cuantos pasillos abarrotados, sin tener la menor idea de dónde encontrar las novelas, pero hizo todo lo posible por mirar a su alrededor con determinación, hasta que ella empezó a reírse.

—¿Sabes siquiera dónde están las novelas? —Gillian se cubrió la boca con una mano enguantada para ocultar su sonrisa.

—Er... No en esta tienda en particular... —James se detuvo y luego miró a su alrededor—. ¡Ajá! —señaló un cartel dorado que colgaba sobre la estantería más cercana. Decía: Novelas.

—Has tenido suerte —dijo la señorita Beaumont, riendo.

—Ejem —enderezó los hombros—. ¿Qué tipo de novelas está buscando, señorita Beaumont?

Su tono burlón fue recompensado por una sonrisa que curvó sus labios femeninos mientras estudiaba los estantes de libros que los rodeaban.

—Me temo que me juzgarás severamente si lo admito.

—Tonterías. Nunca juzgaría a una dama, especialmente a una encantadora.

¿Acaso eso fue una coqueta inclinación de cabeza cuando ella le dirigió una mirada? James continuó, cruzando el dedo índice sobre su corazón de forma infantil.

Gillian se rio, aunque sus ojos se apartaron de los suyos antes de levantarlos para encontrarlos de nuevo.

—Muy bien —levantó la barbilla—. Me gustan bastante las novelas góticas. L. R. Gloucester ha publicado un nuevo libro. *Lady Gloria y El Conde Serio.*

¿Los castillos, las fuerzas sobrenaturales y las apuestas peligrosas eran algo que la deleitaba? James no podía culparla por ello; a él también le gustaban esas cosas.

—He leído uno o dos de ellos. Muy divertidos, si me permiten decirlo. Torres, tormentas y romances apasionados. Es emocionante, ¿no? —deslizó la punta de un dedo por la estantería más cercana a él, dando golpecitos al lomo de cada libro mientras caminaba.

—Lo es —admitió la señorita Beaumont—. ¿Qué le gusta leer, Lord Pembroke?

—Bueno... —se detuvo a pensar mientras ambos estudiaban los títulos acomodados ordenadamente en fila sobre los estantes —. Me gusta un poco de todo. Es bueno estar bien versado en muchas cosas, pero supongo que lo que más me gusta es un poco de poesía, aparte de las novelas.

—¿Poesía? —los ojos azul-grisáceos de la señorita Beaumont se abrieron de par en par—. La mayoría de los caballeros que conozco no tienen paciencia con la poesía.

—Siento pena por ellos. La poesía es una ventana al alma de una persona. Con unas pocas palabras, un gran escritor puede mover montañas. La leo cuando necesito encontrar un lugar de fuerza —comprendió que le estaba revelando a esta mujer mucho más de sí mismo de lo que había pretendido.

—¿Y a quién lees que te da fuerza?

—A John Donne. Un poco anticuado, lo sé, pero hay algo en él...

La señorita Beaumont permaneció cerca de la estantería, con los ojos a la deriva mientras recordaba un pasaje de Donne.

QUE MUNDOS SOBRE MUNDOS A OTROS LOS MAPAS LES ENSEÑEN,
Déjennos conquistar un mundo;
Cada uno posee el suyo,
y es sólo uno.

EL SOBRESALTO DE JAMES FUE MOMENTÁNEO AL RECONOCER "Los Buenos Días" de Donne, y no pudo evitar responder:

SI SON NUESTROS AMORES UNO,
o si nos amamos Sin desmayo,
de ningún modo moriremos.

GILLIAN SE ESTREMECIÓ Y ÉL LO SINTIÓ TAMBIÉN, UN salvajismo que se deslizó bajo la piel de James hasta crear una sensación de escalofrío a lo largo de sus brazos y su nuca. Qué parecidos eran, y qué extraño que no la hubiera conocido antes. Había conocido a casi todas las mujeres núbiles de Londres, desde debutantes hasta solteronas de edad avanzada. Pero ni una sola vez había vislumbrado a esta belleza desde el otro lado de un salón de baile.

—A veces es agradable escapar de la vida cotidiana, ¿no estás de acuerdo? —preguntó la señorita Beaumont.

¿Escapar de su vida cotidiana? James no pudo evitar preguntarse qué había en su vida cotidiana que fuera tan miserable como para que deseara escapar. Por otra parte, había oído a Letty quejarse a menudo de lo poco que tenían que hacer las mujeres durante el día. Ir de compras, montar a caballo, visitar gente, el temido bastidor de bordado... Quizá la señorita Beaumont también lo encontraba tedioso. Su estima creció por esta belleza callada e inteligente.

—Eh... Sí. Yo también me siento así —eso era muy cierto. A veces deseaba estar felizmente casado y establecido, pero sus deberes con su título y su hacienda rara vez le permitían tener un momento para sí mismo. Una de sus pocas indulgencias era pertenecer a un grupo clandestino bastante elitista conocido como el Club de los Condes Perversos. Aparte del tiempo que pasaba en el club, hacía lo posible por conducirse correctamente.

—Ah —Gillian se detuvo frente a él y utilizó la punta de un dedo enguantado para sacar un libro de su estante y examinar la portada—. Lo he encontrado.

James le arrebató el libro de las manos, deleitándose con su pequeño jadeo mientras intentaba recuperarlo.

—¡Oh, por favor, devuélvelo! —Gillian se abalanzó sobre él y James se alejó. Cuando ella se rindió, él esbozó una amplia sonrisa y hojeó las primeras páginas.

—Bueno, este sujeto no pierde el tiempo. Escucha esto —eligió un pasaje y habló con una voz más grave, fingiendo ser el héroe—. Lady Gloria yacía postrada en la cama, escuchando el sonido de la lluvia en los tejados y temiendo el momento en que su captor, el Conde de Blackacre, llegara. Cuando él la había besado en el pasillo solo una hora antes, su abrazo lleno de pasión había prometido cosas oscuras y deliciosas, y ella no había podido resistirse a él... —James se detuvo y sus palabras finalizaron con un sedoso susurro.

La señorita Beaumont había dejado de intentar alcanzar el libro y sus cuerpos estaban a escasos centímetros de distancia, con su cara inclinada hacia la de él. En ese momento, sus cuerpos se llenaron de energía. El rostro de Gillian adquirió un encantador tono rosado y sus labios se entreabrieron por la sorpresa.

—¿Continúo? —preguntó James, dando un paso más cerca. Tenía la maldita tentación de robarle un beso, sin importar lo escandaloso que fuera.

CAPÍTULO 3

G illian no podía respirar. James estaba leyendo una parte ardiente de una novela en público y ella estaba avergonzada... y no quería que él parara. No tenía nada que ver con la historia, sino con su fascinante voz. Su corazón latía con fuerza y solo podía mirar los labios de James con total fascinación. Entonces, así se sentía desear a un hombre; y, de hecho, era un deseo... un deseo perverso.

—¿Continúo? —preguntó de nuevo, acercándose. Gillian echó un vistazo a la pequeña librería. Mientras hablaban, se habían alejado a un rincón oscuro donde nadie podía verlos. Su corazón volvió a dar otra serie de latidos salvajes mientras humedecía los labios con nerviosismo—. No deberías hacer eso —le advirtió suavemente mientras cerraba el libro y lo depositaba en el borde de la estantería junto a su cadera.

—¿Hacer qué? —Gillian intentó retroceder, pero su trasero chocó con un estante detrás de ella.

—Lamerte los labios. Haces que un hombre se pregunte cómo sabes, cómo te sientes... —levantó la mano, cogió su mejilla y deslizó la punta del pulgar por su labio inferior. El contacto quemó su piel de la manera más deliciosa.

—Lamerme mis... —Gillian procesó sus palabras y luego jadeó.

James soltó una risita.

—Intento ser un caballero, pero, Dios, me estás tentando —levantó la barbilla de Gillian y luego bajó la cabeza hasta que sus bocas estuvieron a centímetros de tocarse—. Me temo que si no me exiges que me aleje, te besaré —su voz sonaba tensa, sus ojos marrones estaban llenos de vida y calidez. Al mirarlos, ella se sintió mareada y su cuerpo perdió todas las fuerzas, como si hubiera permanecido horas tumbada bajo el sol de verano en un lecho de hierba fresca.

—¿Me besarás? —las palabras se escaparon como una pregunta, pero James no pareció considerarlas como tal.

—Mmm, si insistes —masculló suavemente. Justo antes de que sus labios se encontraran, los ojos de Gillian se cerraron, y se derritió contra él cuando su boca tocó la suya. James besaba como un ángel; fuego, dulzura y una dosis de perversidad allí donde su lengua recorría la comisura de sus labios. Ella se sobresaltó por la sorpresa y sus labios se abrieron, permitiéndole a James deslizar su lengua entre ellos. Abrió la boca sobre la de ella y Gillian gimió ante la deliciosa sensación de estar indefensa como consecuencia de la acalorada pasión que fluía en su interior. Podía sentir el suave roce de la ligera capa de vello en su barbilla contra su piel, la cual ardía deliciosamente mientras él le acariciaba el cuello con la nariz.

Esta era la forma de arruinar a una dama. Esta era la gloria por la que ellas arriesgaban demasiado. Gillian nunca había entendido el deseo de su ama por el amor, el matrimonio y un hombre... hasta ahora.

James le cogió la cara y le acarició la mejilla con el pulgar mientras la miraba con asombro y fascinación.

—¿Por qué no puedo resistirme a usted, señorita Beaumont?

—No lo sé —Gillian parpadeó, aturdida por el hecho de que ella y el Conde de Pembroke estuvieran presionados pecho con pecho contra la estantería.

—¿Te habías sentido así antes?

—No, nunca. Empezaba a preocuparme que algo pudiera estar mal en mí —apenas se rio, pero el sonido era trémulo. No debería haber confesado eso, una dama no lo habría hecho.

Pero tú no eres una dama, le recordó su voz interior. *Eres una sirvienta, y él cree que eres de sangre noble.*

—¿Has besado a muchos otros hombres? —la pregunta de James estaba llena de curiosidad y una dosis de celos.

—No. Pero, por otro lado, nunca había querido que alguien me besara —explicó ella en un susurro escandalizado. La simple curva de sus labios la hizo sonreír también.

—Bien. Pensar en ti con otro hombre podría volverme loco.

La preocupación frunció las cejas de Gillian.

—¿Eres un hombre celoso?

James negó con la cabeza.

—Nunca. Pero tú me haces sentir diferente.

Él no parecía saber qué más decir, y ella tampoco quería hablar. Se mordió el labio inferior y lo miró por debajo de las pestañas. Gillian no podía ser tan atrevida como Audrey, pero esperaba que James interpretara sus acciones como una invitación.

Y lo hizo. Le rodeó la cintura con un brazo y la atrajo de nuevo a sus brazos. Gillian apoyó las palmas de sus manos en su chaleco y hundió los dedos en las solapas mientras sus labios se encontraban en otro beso ardiente. James movió su boca sobre la suya y ella no pudo evitar gemir por la forma en que la hacía sentir, con fuego en todas partes. No era de extrañar que Audrey anduviera persiguiendo a los pícaros, suplicando que la besaran. Si todos se sentían de esta manera, ella podría entenderlo.

—¿James? ¿James? ¿Dónde estás? —la voz de Letty recorrió las estanterías y él se apartó apresuradamente de Gillian justo antes de que su hermana los encontrara. Ella sostenía un trío de volúmenes históricos y los observaba con curiosidad.

—¿La señorita Beaumont ha encontrado su libro?

—Eh... Sí —James levantó el libro y Gillian intentó no reírse ante el sentimiento de culpa casi infantil reflejado en su rostro. Letty era más joven que su hermano y era evidente que James intentaba comportarse lo mejor posible a su alrededor, como si se esforzara por complacerla. La idea era encantadora. Le recordó al hermano mayor de su ama, Cedric, Vizconde Sheridan. A pesar de ser un notorio pícaro, era increíblemente dulce con sus hermanas.

—Excelente —Letty le dedicó una gran sonrisa a Gillian—. James, ¿podrías comprarme estos? —empujó la pila de libros contra su pecho. Él los manipuló torpemente mientras se aferraba a ellos—. Quiero hablar con la señorita Beaumont.

Los ojos de James brillaron cuando las miró.

—Supongo que deseas hablar de asuntos de naturaleza femenina —cogió los libros de Letty y empezó a darse la vuelta, pero entonces Gillian lo cogió del brazo.

—Oh, tienes el mío. Yo también tendré que pagar.

—Tonterías. Yo lo compro —introdujo el libro con firmeza entre dos de los de Letty, donde Gillian no podía alcanzarlo.

—Por favor, debo insistir —Gillian hizo otro valiente esfuerzo por alcanzar el libro, pero James emitió un sonido de desaprobación y negó con la cabeza.

—Considéralo un regalo de mi parte por un cambio divinamente inesperado en mi día. Si no hubieras estado en la modista, Letty se habría pasado todo el día probándose capotas —James puso los ojos en blanco y Letty fingió un mohín. Antes de que Gillian pudiera discutir, James desapareció con los libros, dejándola a solas con su hermana. Había estado ignorando la verdad de su engaño durante la última hora, pero la realidad había regresado a ella una vez que se encontró lejos de los brazos de James.

Este no es mi mundo. No debería estar aquí, dejando que ambos asuman que soy uno de ellos. ¿Cómo no pueden darse cuenta? El estilo de su peinado era muy simple. Su vestido, aunque más elegante que el de una dama de compañía habitual, seguía siendo un vestido de sirvienta.

—Él tiene razón, ¿sabes? Me habría quedado allí todo el día.

Estoy segura de que él habría muerto en el sofá de desmayos de Madame Ella esperándome.

Gillian soltó una risita al pensar en James tumbado en un sofá de desmayos, con una expresión de horror en la cara y un brazo extendido sobre sus ojos en señal de desesperación mientras Letty dejaba caer más capotas sobre su regazo.

—Es un hombre maravilloso, mi hermano, bastante maravilloso —dijo Letty, observando a Gillian con una intensidad que le recordaba demasiado a su ama cuando estaba tramando algo.

—Eh... Sí, imagino que lo es —respondió con cuidado.

Letty estudió los libros a su alrededor, con una mirada pensativa.

—Se merece una buena esposa, ¿sabes? Muchas damas se han fijado en él, pero... —Letty se detuvo. Suspiró y se encontró con la mirada desconcertada de Gillian—. Bueno, ninguna de ellas está interesada en un matrimonio por amor. Creo que mi hermano se lo merece, ¿no estás de acuerdo?

Había un atisbo de advertencia en el tono de Letty que Gillian comprendió. Si no iba a amar a James, debía apartarse de él. Lo que, por supuesto, debía hacer, porque los condes no se casaban con las damas de compañía.

—Estoy de acuerdo —dijo en voz baja—. No tengo ninguna intención con él, de verdad, señorita Fordyce.

Letty sonrió.

—Si tú crees que estás desarrollando sentimientos por él, eso sería aceptable —su respuesta sorprendió a Gillian.

—Pero...

—No quiero mujeres que vayan tras el título de James. Es amor o nada. Después de la muerte de nuestro padre, nuestra madre comenzó a... olvidar cosas y a mostrarse indispuesta, y él es mi responsabilidad, al menos en lo que respecta al corazón.

—Un esfuerzo noble —coincidió Gillian. Si ella hubiera tenido hermanos bajo su cargo, habría hecho lo mismo. Tenía dos medio hermanos, una hermana y un hermano, pero... Bueno, ni siquiera sabían que existía, y ella nunca podría decirles la verdad. Después de todo, era una bastarda y una sirvienta.

Letty parecía dispuesta a hablar de nuevo, pero James volvió con los libros apilados en los brazos.

—¿Se los entregamos al lacayo? No quiero entrar con libros en Gunter's. Podrían arruinarse si el helado de alguien se derrite.

—Buen punto, James —Letty, James y Gillian salieron de la tienda. Gillian aún no podía creer que estuviera aquí, en la calle, con un conde y su hermana, actuando como una fina dama. Pero el engaño había ido demasiado lejos y ya no podía dar marcha atrás.

Subieron al carruaje que exhibía el escudo Pembroke y le entregaron los libros al lacayo, quien los guardó en una caja de cuero del carruaje. Cuando llegaron a Gunter's, James les ofreció quedarse en el carruaje. El clima era bueno, y Gillian y Letty estuvieron de acuerdo en que sería más agradable comer sus helados en el vehículo en lugar de hacerlo en el interior, donde seguramente habría mucha gente.

Hombres jóvenes, empleados de Gunter's, cruzaban corriendo la calle hasta los carruajes y de vuelta, llevando helados. Letty saludó con la mano a unas cuantas mujeres en otro carruaje y luego se volvió hacia James y Gillian.

—Hace años que no hablo con la señorita Dawkins y Lady Fairchild. ¿Os importa que vaya a verlas?

—En absoluto —respondió James antes de mirar a Gillian, quien asintió con la cabeza y se sonrojó.

Era perfectamente aceptable no tener chaperona en Gunter's. Era uno de los pocos lugares de Londres que se libraba del estigma de ser un sitio donde una dama podía arruinarse simplemente por estar a solas con un hombre. Letty bajó apresuradamente del carruaje y fue a reunirse con sus amigas. Ahora, Gillian estaba sentada frente a James. Un ataque de nervios se agitó en su vientre y resistió el impulso de llevarse la mano al estómago.

—¿Tienes miedo de estar a solas conmigo? —bromeó James —. Aquí estamos bastante seguros.

Gillian se sonrojó.

—No tengo miedo. Solo que nunca he estado en Gunter's… —*como dama,* añadió en silencio. Había acompañado a su ama allí en numerosas ocasiones, pero nunca para disfrutar de las golosinas o conversar con los caballeros. Gillian era una vigilante silenciosa a menos que su ama la necesitara.

—¿Nunca has estado en Gunter's? Dios, ¿dónde ha estado, señorita Beaumont? —James se inclinó ligeramente hacia delante, apoyando los antebrazos en las rodillas. La estudió con curiosidad.

—¿Dónde he estado? —repitió ella, confundida por su pregunta.

—Está claro que no has estado en Londres. Quiero decir, si no has venido a Gunter's.

—Oh… —Gillian se esforzó por inventar una historia sobre su paradero—. Vivo en el campo y rara vez vengo a Londres —buscó en su memoria, sin éxito, un lugar en el que probablemente él no hubiera estado—. Soy de Lothbrook —era un pueblo pequeño del que nunca había oído hablar hasta hacía poco, cuando Audrey había utilizado su influencia como la columnista secreta Lady Society para reunir a una joven de Lothbrook con un libertino que se había enamorado de ella.

—Lothbrook —reflexionó James—. ¿Dónde he oído ese nombre antes?

—Oh…

Antes de que Gillian pudiera meterse en más problemas, dio un salto cuando un empleado de Gunter's apareció súbitamente junto al carruaje, tendiéndoles dos platos con helado.

—Gracias —James le pagó al muchacho y, cuando Gillian intentó discutir, él chasqueó la lengua y la señaló con un dedo—. Señorita Beaumont, ¿realmente cree que un verdadero caballero le permitiría pagar sus propios helados? —su mirada burlona la hizo ruborizarse por completo, y se sintió lo suficientemente atrevida como para responder con un leve enfado hacia él.

—Después de lo ocurrido en la librería, ¿pretende *ser* un auténtico caballero, Lord Pembroke?

James sumergió la cuchara en su helado y comió un poco. Mientras se lamía los labios, sus pestañas descendieron unos centímetros.

—Lo confieso. Has descubierto mi defecto. Soy más pícaro que caballero, y no pienso disculparme por ese beso, no cuando sabías más dulce que este helado.

Gillian jadeó. Sus palabras abiertamente sensuales fueron demasiado.

—Lo sé, soy terriblemente perverso —una sonrisa rozó sus labios, y la suave intensidad de sus palabras la hizo derretirse.

—Sí, lo eres —intentó que sus palabras sonaran como una acusación, pero su voz estaba sin aliento.

—Y te gusta —añadió rápidamente.

—Sí, yo... Espera, no. ¡Desde luego que no! —Gillian dejó caer la cuchara en el plato con el helado, frunciendo el ceño. Esto no estaba bien. Demonios. Un pícaro, hablando de besos y sabores dulces con una desconocida, una desconocida que ni siquiera sabía que no era digna de sus atenciones. Gillian cubrió su creciente desesperación con irritación.

—Por favor, termínate el helado antes de que se derrita y mi acto de caballerosidad se esfume —James utilizó la punta de la cuchara para señalar el plato de Gillian.

Ella miró el helado derritiéndose y, con un sutil *eh*, terminó de comerlo, demasiado consciente de que James la estaba observando. En su vida, nunca se había sentido tan frustrada por un hombre, ni tampoco había estado en una posición así de incómoda. ¿Cómo podía Audrey soportar estar cerca de Jonathan cuando se sentía de esta manera? Gillian sintió un repentino aprecio por la capacidad de su ama para no perder la cabeza delante del hombre que le atraía.

Cuando terminó, James hizo que un empleado de la tienda

recogiera los platos. Luego le lanzó una mirada a su hermana, quien seguía inmersa en una conversación con sus amigas a unos cuantos carruajes de distancia.

—Parece que Letty no volverá pronto —James empezó a acercarse a Gillian para sentarse con ella, pero se paralizó cuando alguien dijo su nombre.

—¿Pembroke? Qué casualidad encontrarte aquí —una voz familiar hizo que Gillian se tensara y mirara a su alrededor.

Un apuesto caballero se acercó a su carruaje montado en un caballo. El fino castrado se sobresaltó cuando el caballero tiró ligeramente de las riendas. Era el señor Ambrosio Worthing, el libertino al que ella y Audrey habían ayudado semanas atrás en Lothbrook. Le agradaba el señor Worthing, pero él sabía que ella no era una dama de sangre noble. Tuvo que decir algo para evitar que él expusiera su engaño.

—¡Señor Worthing! Qué alegría verlo de nuevo —exclamó Gillian, encontrándose intensamente con su mirada.

Los labios del señor Worthing se entreabrieron y le llevó un momento detectar su silenciosa advertencia.

—Señorita Beaumont. Encantado de volver a verla a usted también —repitió.

—¿Cómo estás, Worthing? —preguntó Pembroke con una sonrisa—. ¿Tu esposa y tú os habéis instalado?

—Sí, quién iba a decir que la vida de casado me sentaría tan bien —el señor Worthing soltó una risita—. Siempre pensé que me arrastrarían al altar gritando por ayuda. Pero una vez que supe que Alexandra era la única mujer para mí y mi corazón... bueno, eso hizo del matrimonio una necesidad.

James se rio.

—Parece que todos los que conozco están precipitándose hacia los grilletes.

—¿No te tienta en lo más mínimo? —bromeó el señor Worthing, mirando a Gillian con determinación. El corazón se le subió a la garganta.

James soltó una carcajada.

—Tal vez esté un poco tentado —sus ojos se clavaron en los de Gillian y ella no pudo apartar la mirada. Las profundidades melosas de sus ojos parecieron atraerla y absorberla hasta que olvidó dónde y con quién estaba. Gillian nunca hubiera imaginado lo peligrosos que podían ser un par de ojos marrones.

—Bueno, veo que estoy interrumpiendo —dijo el señor Worthing con una risita—. Pero me alegra haberla encontrado, señorita Beaumont. Tengo una carta para usted —el señor Worthing buscó en su chaleco y sacó un trozo de pergamino doblado. Se lo tendió a Gillian, con la mirada seria. Ella lo cogió. No había ningún nombre en el exterior, simplemente dos letras *LS,* y Gillian supo al instante que la carta era para Lady Society.

—Gracias, señor Worthing —estaba a punto de guardarla en su reticule cuando Worthing volvió a hablar.

—Me temo que es bastante urgente —una vez más, sus ojos estaban serios.

—¡Oh! —ella manipuló torpemente el sello para romperlo. Mientras sacaba la carta, miró una vez más a Worthing.

—Si necesitas responder, envíala a mi dirección de Londres —dijo Worthing. Inclinó la cabeza para despedirse de Pembroke, quien los observaba con curiosidad.

—Gracias —Gillian observó cómo el señor Worthing clavaba los talones en los flancos de su caballo y se marchaba. Solo entonces desdobló el pergamino para leer la carta.

Mi querida LS,

Se ha rumoreado que Gerald Langley quiere atraerla a su club infernal esta noche. Él cree que por fin tendrá la venganza que busca. Le ruego, es más, insisto en que se quede en casa esta noche. Ya le ha hecho bastante daño a Langley. No necesita seguir arriesgando su vida.

Suyo,
Worthing

. . .

GILLIAN LEYÓ LAS PALABRAS UNA VEZ MÁS, CON EL CORAZÓN palpitando. Sabía que el plan de esta noche de infiltrarse en el club infernal había sido una pésima idea. Pero no podría haber imaginado que sería tan peligroso. Debía advertirle a su ama de inmediato.

—¿Está todo bien, señorita Beaumont? Se ha puesto muy pálida —James se movió para sentarse a su lado.

—S-sí —balbuceó ella, desconcertada por su cercanía y el contenido de la carta. Se sobresaltó cuando James colocó su mano enguantada sobre la suya. La palma de su mano estaba caliente y sus dedos eran fuertes, pero suaves cuando envolvieron los suyos—. Milord, no debe. Hay personas mirándonos — Gillian apartó la mirada, deseando haber llevado hoy una capota para poder ocultar su rostro de los mirones.

—Que vean lo que quieran. Me gusta, señorita Beaumont. Y solo la conozco desde hace unas horas.

Gillian se rio, pero el sonido salió entrecortado por la tristeza.

—Milord, usted no me conoce en absoluto —su corazón se estrujó—. Estoy muy agradecida por todo lo que usted ha hecho hoy, pero me temo que debo irme.

Ella tiró de su mano para liberarla, odiando lo mucho que echaba de menos su contacto. Nunca pensó que se enamoraría de ningún hombre, y menos de uno como el Conde de Pembroke. Era hora de irse, de terminar con esta tonta farsa antes de que su corazón se rompiera de verdad. Descendió del vehículo, mirando a su alrededor en busca de su propio carruaje y lo encontró al final de la calle.

—Señorita Beaumont, por favor, déjeme acompañarla — James bajó, intentando coger su mano de nuevo. Los ojos de Gillian ardían por las lágrimas, y parpadeó para ocultarlas. *¿Qué me pasa? Yo nunca había sufrido tanto.* Pero tener que convencer a James de que la dejara en paz la estaba haciendo desfallecer por dentro.

—Por favor, milord. Debería quedarse con su hermana —

entonces, antes de que pudiera convencerla de quedarse, Gillian corrió hacia el carruaje que la estaba esperando más adelante en la calle.

Justo cuando llegó, un hombre salió de una callejuela entre dos tiendas y la sujetó del brazo. Algo afilado se clavó en su costado y ella abrió la boca para gritar.

—Cállate, cariño. Tengo un cuchillo lo suficientemente afilado como para cortarte el corsé y hacerte un buen agujero. No querríamos eso, ¿verdad? —el hombre iba vestido como un caballero, pero la pesada barba de su mandíbula y su acento cockney le aseguraban que no lo era—. Vas a ser una buena chica, ¿verdad? —le susurró el hombre al oído—. Asiente si estás de acuerdo.

Gillian asintió con la cabeza, vacilante.

—Vamos a dar un pequeño paseo por aquí —la arrastró al interior de la callejuela de la que acababa de salir. Había una puerta abierta a la izquierda, la cual conducía a unas habitaciones situadas encima de la fachada de un comercio. Gillian intentó clavar un poco los talones cuando llegaron a la puerta. Su boca se llenó de un extraño sabor amargo. La punta del cuchillo la pinchó y no pudo evitar gimotear. Sus instintos asumieron el control y comenzó a forcejear, queriendo huir del hombre y de su cuchilla—. ¡Deja de luchar contra mí! —gruñó el hombre y le clavó una mano en el pelo, echándole la cabeza hacia atrás para arrastrarla al interior de la oscura entrada. Fue golpeada contra la pared y su cabeza se estrelló sobre la madera. Gillian dejó caer la carta de su reticule e intentó tocarse la cabeza—. Ah... eso es — el hombre se agachó y alcanzó la carta. Con esta distracción temporal, él bajó el cuchillo muy cerca del suelo mientras cogía la carta destinada a su ama. Gillian no necesitaba la carta, lo que le dio la oportunidad de aprovechar su falta de atención para escapar. Se lanzó hacia la puerta, pero gritó cuando el hombre sujetó sus faldas y tiró con fuerza.

Cayó de rodillas y algo le golpeó la sien. En un abrir y cerrar de ojos, todo se volvió negro.

CAPÍTULO 4

James estaba de pie junto a su carruaje, observando a la señorita Beaumont alejarse. A medida que la distancia entre ellos aumentaba, su corazón se volvía más pesado, comprendiendo que le habían arrebatado algo.

Ella había parecido muy perdida cuando se alejó de él. Hubo un atisbo de lágrimas en sus ojos que él no lograba entender. Quiso ir tras ella. Intuía que algo no estaba bien. La acompañaría a casa, aunque ella protestara. El contenido de la carta la había alterado mucho, y no debía volver a casa sola. James le dijo a su chofer que esperara a Letty y la llevara a casa. Una vez que acompañara a la señorita Beaumont a su residencia, contrataría un coche de caballos de alquiler.

Cuando se volvió hacia la calle, vio la figura lejana de Gillian llegar al final de la calle. De repente, un hombre se acercó a ella y la cogió del brazo. El pánico se desató en su interior. Ningún caballero sujetaría el brazo de una dama de esa manera, mucho menos así de improviso. James frunció el ceño. ¿Ella conocía al hombre? La posición íntima indicaba que sí, pero él estaba demasiado lejos y no podía ver con claridad lo que ocurría entre ellos. Ella y el hombre se apartaron de su carruaje y se adentraron en las callejuelas, desapareciendo de su vista.

El nudo de preocupación en su estómago se intensificó. ¿Qué estaba haciendo ella? El hombre parecía raro de alguna manera que James no podía precisar. Había una amenaza en la forma en que se dirigía a Gillian, y James no se sentía cómodo dejándola sola. Al diablo con sus protestas. Comenzó a caminar a paso rápido, pero después de unos segundos empezó a correr. Al llegar a la callejuela, estuvo a punto de chocar con el hombre, quien lo maldijo y retrocedió a trompicones antes de salir corriendo.

¿Qué...?

No había rastro de Gillian. Examinó el callejón, observando las sombras que proyectaban los edificios a ambos lados. Entrecerró los ojos y vio una puerta abierta más adelante en el estrecho callejón. Una mano pálida se extendía por el suelo a través del umbral.

—¡Gillian! —el miedo lo ahogó mientras corría hacia la puerta. Se detuvo en seco a su lado mientras ella yacía en el suelo —. Oh, Dios —jadeó mientras se arrodillaba y la hacía girar. Apoyó dos dedos en su garganta. Había pulso. Estaba viva. La examinó y vio una marca rubescente en una sien. ¡El hombre la había golpeado!

James se arrodilló y la levantó en brazos, sosteniéndola contra su pecho. Necesitaba ser atendida por un médico inmediatamente. Se precipitó hacia su carruaje.

—¡Disculpe! —le dijo al conductor—. ¿Es usted el chofer de la señorita Beaumont? —el conductor bajó la mirada y maldijo sorprendido por lo que vio. Se apresuró a levantarse de su asiento para ayudar a James a subir a Gillian.

—¿Qué ha pasado? —exigió el conductor, con sus ojos escudriñando el cuerpo inmóvil de Gillian.

—Un maldito bastardo la ha golpeado. Un médico tiene que verla de inmediato.

—Gracias, milord —el conductor lo ayudó a acomodarla en el asiento.

—Iré con ella. No me gustaría dejar a la dama sola hasta estar seguro de que está bien.

El conductor dudó, pero James cruzó los brazos sobre el pecho y frunció el ceño.

—Muy bien, milord. Suba.

James se sentó y luego se inclinó para subir a Gillian a su regazo. La idea de no tenerla en brazos le producía inquietud y ansiedad. Le apartó un mechón de pelo de los ojos y deslizó un pulgar por sus labios, odiando el hecho de que la única razón por la que ella estaba ahora en sus brazos era porque alguien la había herido.

—Lo lamento mucho —le susurró.

De pronto, Gillian se removió y su cabeza se balanceó un poco mientras volvía en sí. Durante un largo momento, él no pudo respirar al ver cómo sus pestañas se agitaban para luego mirarlo fijamente.

—¿Qué... qué ha pasado...? —ella se lamió los labios y levantó una mano para tocarse la cabeza.

—No... —intentó detenerla, pero ella se estremeció cuando su mano tocó la parte sensible de su sien.

—Cómo... —Gillian dejó escapar un chillido de dolor. Eso le desgarró el corazón a James. Verla en este estado, muy herida, lo estaba destrozando.

—Quédese tranquila, señorita Beaumont. La vi dirigirse a este carruaje cuando fue arrastrada al callejón por ese hombre. No he podido detenerlo, pero la he encontrado a usted. ¿Quiere sentarse? —le preguntó suavemente. Él no quería que se apartara de sus brazos, pero ella asintió.

—Debería... no es apropiado.

James se rio con ironía.

—Es un carruaje cerrado. Nadie lo verá. Además, estás en apuros, y tengo la intención de ayudarte en lo que pueda.

—¿En apuros? —resopló—. No soy una damisela, Lord Pembroke.

—No, por supuesto que no —James comprendió que debió haber contrariado su idea de su propia fuerza femenina al insinuar que era una damisela en apuros. A ella le gustaba leer novelas góticas, pero era evidente que no deseaba vivir en una. Él lo entendía. Letty lo habría golpeado con uno de sus finos guantes beis si se hubiera atrevido a insinuar que necesitaba ser rescatada.

Gillian se bajó de su regazo y se sentó a su lado, volviendo a tocar con delicadeza la zona que rodeaba su sien enrojecida.

—¿Qué buscaba ese hombre? Te ha golpeado, pero no se ha llevado tu reticule y no parecía querer... —sofocó la palabra *forzarte*. Ese era un tema que asustaba a las damas, y él no quería asustarla.

—Buscaba la carta. Era importante —Gillian suspiró, con ojos serios.

—¿La carta? ¿Él la tiene ahora?

Ella asintió.

—Desgraciadamente, sí. La ha cogido. Pero no se enterará de mucho. La he leído y eso es lo único que importa —sus dedos recorrieron sus faldas rotas, donde el hombre probablemente la había sujetado.

—¿Qué había en la carta, señorita Beaumont?

—Me gustaría poder decírselo, pero no es mi secreto, así que no puedo compartirlo.

James se quedó boquiabierto.

—Lo que había en esa carta casi te mata, ¿y aún así no me lo dices?

Gillian extendió la mano y le tocó la rodilla, con ojos suplicantes.

—Ojalá pudiera, pero no debo. Lo lamento.

Era una locura. ¿Qué secreto podría ser tan peligroso como para que una dama de origen noble fuera incapaz de decírselo?

—¿Podría llevarme a la casa de los Sheridan? Debo hablar con un amigo allí.

—¿La casa de Lord Sheridan? Muy bien —James suspiró y abrió la ventanilla de la puerta del carruaje para darle la dirección al conductor.

Una vez que se acomodó de nuevo en su asiento, la observó,

con cuidado de no pasar por alto sus agitados movimientos mientras destellos de dolor cruzaban sus ojos cuando movía la cabeza de cierta manera.

—No se mueva demasiado, señorita Beaumont. Es probable que se haya torcido el cuello en la caída.

—¿Me he torcido el cuello? —se frotó el cuello, pero no pudo alcanzar la zona que le estaba causando malestar.

—¿Me permitirías ayudar? —le preguntó con delicadeza. No tenía ningún deseo de aprovecharse de ella, aunque fuera un pícaro la mayoría de los días. No podía soportar ver a esta fascinante criatura sumida en el dolor.

—¿Ayudar cómo? —la voz de Gillian era suave y ligeramente entrecortada.

—¿Me permites tocarte? —James levantó la mano hacia su mejilla, pero no la tocó hasta que ella asintió. Esto era diferente al beso robado en la librería. Estaba herida y a solas con él, y necesitaba saber que nunca la lastimaría.

James levantó la mano, colocó sus dedos en los hombros de Gillian y los movió hacia el cuello, masajeando suavemente las pequeñas contracturas que encontró allí. Una vez tuvo una amante muy hábil para los masajes que le había enseñado exactamente dónde ejercer presión.

—Esto es maravilloso. ¿Cómo sabías que iba a aliviar el dolor?

—Tus músculos se relajarán si masajeas ligeramente las zonas con tensión —James deslizó el dedo índice por uno de los tendones tenso de su cuello, indicándole dónde seguiría tocándola—. Relájate. No me mires. Quiero que respires hondo y exhales lentamente.

Gillian dudó un momento antes de subir las piernas en el asiento y ofrecerle su espalda. Le masajeó cuidadosamente el cuello y los hombros, e incluso las puntas de sus dedos acariciaron el pelo de su nuca. Su pequeño gemido de placer hizo que su cuerpo se tensara con excitación y vergüenza. Se prometió a sí mismo que sería un caballero durante unos minutos más, si podía.

¿Cómo era posible que esta mujer fuera una maldita tentación? Podía tener a casi cualquier mujer de Londres, pero esta belleza callada, intensa y misteriosa lo tenía embelesado. Tenía que ser la capa de peligro que llevaba. Eso era lo que le atraía. James amaba una buena aventura. El carruaje se detuvo y el conductor anunció la llegada a la casa Sheridan.

—Gracias, milord. Me siento mucho mejor —Gillian se volvió hacia él, y James la soltó a regañadientes.

—Señorita Beaumont, debería asegurarme de que vea a un médico.

Ella negó con la cabeza.

—Mi amigo puede mandar a buscar uno si todavía me siento mal.

Gillian cogió su reticule y se dirigió a la puerta. James llegó primero y la abrió. Ella parpadeó, como si estuviera sorprendida por el gesto. ¿No había caballeros en Lothbrook? La ayudó a bajar, deleitándose con esta última oportunidad de sostener su cintura y sentir sus manos en los hombros antes de tener que dejarla en el suelo.

—¿Estás segura de que no quieres que entre contigo? —le preguntó, esperando que cambiara de opinión.

—No, por favor. Debo reunirme con mi amigo en privado. El chófer te acompañará a casa —Gillian empezó a agitar una mano hacia el cochero y a sacar unas cuantas monedas más de su reticule, pero James le cogió la mano y se la llevó suavemente a los labios para darle un beso.

—No es necesario. Creo que me vendría bien caminar —no había duda de que necesitaba aclarar su mente.

—Gracias, Lord Pembroke. De verdad. No sé qué habría pasado si no hubierais venido a por mí —sus labios temblaban, pero a él no le parecía una criatura débil y delicada. Era valiente, y haber soportado su situación con tanta elegancia fue asombroso.

—¿Puedo visitarla? —le preguntó. Su pecho se hundió ante la

idea de que esta misteriosa mujer regresara a Lothbrook para nunca más volver a verla.

—Yo… —se mordió el labio inferior—. No creo que sea prudente —parecía que quería decir algo más, pero cambió de opinión y subió los escalones a toda prisa. No se molestó en llamar a la puerta, sino que se precipitó al interior y desapareció

James se quedó de pie en el último escalón, mirando la aldaba con forma de cabeza de león e intentando ignorar el extraño dolor que sentía bajo las costillas. Solo habían pasado unos minutos desde el inicio de su caminata a casa cuando recordó que el libro que había comprado para Gillian seguía en su carruaje con Letty.

—¿Se ha ido? —le preguntó Gillian a Sean, quien miraba discretamente por la ventana hacia la acera donde ella había dejado a James de pie.

—Sí. Acaba de empezar a caminar por la calle. ¿Qué ha pasado? —el joven irlandés parecía preocupado.

—Es una larga historia, y realmente necesito descansar un momento. ¿La señorita Sheridan ha vuelto?

—Todavía no. La Liga está en el salón bebiendo el té. Nuestra señora echó un vistazo al señor St. Laurent cuando llegó y luego huyó de la casa. Ni siquiera cogió su capota —Sean se rio.

—¿Qué? —eso no era propio de Audrey. Nunca salía de casa sin una capota adecuada. Le gustaban demasiado como para que la vieran sin una.

—Por supuesto, hubo un gran escándalo entre el personal.

—¿Qué? ¿Por qué? —Gillian siguió a Sean por las escaleras hasta las cocinas del servicio, donde se acomodó en una silla junto al fuego y robó una galleta de una bandeja cuando la cocinera le dio la espalda.

—Bueno, el señor St. Laurent la ve irse y me pregunta adónde se ha ido. Intenté decirle que no tenía ni idea, y entonces se precipitó tras ella. Nadie los ha visto desde entonces.

—Oh, Dios... —Gillian se frotó los ojos. ¿Audrey había huido y St. Laurent la había perseguido? Eso sonaba a problemas—. ¿Lord Sheridan estaba muy preocupado?

El lacayo se sonrojó.

—Él no sabe nada. Ha estado ocupado, ya sabes.

—¿Ocupado? —repitió Gillian.

—Sí. Al parecer, no solo la Duquesa de Essex y la Marquesa de Rochester están esperando un bebé.

—¿Qué? —Gillian se incorporó, olvidando momentáneamente su dolor de cabeza mientras su amiga sonreía—. Dime, Sean, ¿qué es?

—Bueno, parece que... —el irlandés alargó el suspenso hasta que ella no pudo soportarlo—. Que la Casa Sheridan escuchará el llanto de un bebé en seis o siete meses. La Liga se toma muy en serio lo de hacer bebés, tanto como las bodas.

Gillian soltó una risita, su cuerpo se llenó de una alegría pura. Lady Sheridan y Lord Sheridan estaban esperando un bebé. ¡Qué maravillosa noticia!

—Así que, como puedes imaginar, ninguno de los miembros de la Liga está centrado en la señorita Audrey o el señor St. Laurent. De hecho, Essex y Rochester estaban haciendo apuestas sobre qué bebé sería el más fuerte una vez que crecieran. Ninguno de los lores parece pensar que sus primogénitos puedan ser pequeñas niñas —Sean colocó una tetera de agua en el fuego, ignorando el bufido de la cocinera, a quien le gustaba que su cocina estuviera libre de lacayos entrometidos cuando se encontraba preparando afanosamente la cena. Gillian sonrió débilmente al pensar en aquellos poderosos lores hablando de niños. Había visto a esos hombres con sus esposas, y si la forma en que se comportaban con las mujeres que amaban era un indicio, esos lores se desvivirían por sus hijos una vez que nacieran. Era maravilloso, simplemente maravilloso, pensar en niños creciendo en hogares llenos de amor y risas. No como su propia casa, silenciosa y vacía; salvo por su madre y un puñado de sirvientes. Sus pensamientos se centraron en James y en lo que Letty había dicho sobre la muerte de su padre y la enfermedad de su madre. Él también había tenido una vida difícil, a pesar del título y el dinero. Era una cosa más que tenían en común; aunque ella no volvería a ver a ese hombre, por mucho que lo deseara.

—Ahora, ¿estás preparada para contarme lo que ha pasado hoy? —Sean se inclinó y cogió suavemente su mejilla, girando su cara para poder verla mejor—. ¿Qué te ha pasado en la cara? ¿Lord Pembroke...?

—No —lo interrumpió antes de que pudiera asumir lo peor sobre el hombre que había sido su defensor—. Un hombre me ha golpeado en un callejón y Lord Pembroke ha venido a rescatarme. Me temo que me duele mucho la cabeza.

Sean seguía con el ceño fruncido.

—Me vas a contar todo lo que ha sucedido —robó unas galletas, le sirvió una taza de té y se sentó a su lado, escuchando su relato sobre la carta. Era el único en quien podían confiar sobre la doble vida de Audrey. Omitió los gloriosos besos del conde y el hecho de que había pasado la tarde fingiendo ser una dama. Sean habría desaprobado su engaño. Cuando terminó, el lacayo se puso en pie, paseándose por la cocina —para frustración de la cocinera—, quien tuvo que seguir esquivándolo mientras preparaba la cena.

—Debemos encontrar a la señorita Sheridan de inmediato.

Gillian estuvo de acuerdo. Audrey podía estar en peligro. Quienquiera que la hubiera atacado en el callejón quería la carta, muy probablemente porque estaba involucrado en el plan para localizar y dañar a Lady Society. Pero Gillian había leído la nota y conocía la amenaza. Si ella lograba encontrar a Audrey y advertirle a tiempo, tal vez ellos la salvarían.

Siguió a Sean hasta la entrada principal justo cuando la puerta se abrió de golpe. Audrey entró dando largos pasos, con el pelo enmarañado, las mejillas ruborizadas y las faldas arrugadas.

—¡Mi señora! —jadeó Gillian. ¿Le había pasado algo? Nunca

había visto a su señora tan alterada, excepto... la noche en que ella y Charles habían fingido una seducción bastante violenta para presionar a Cedric y conseguir que Audrey se casara rápidamente con alguien. ¿Audrey había estado realmente besando a alguien para lucir tan... desaliñada?

—¿Gillian? —Audrey parecía distraída y un poco sorprendida de verla.

—Sí, mi señora —Gillian y Sean inclinaron la cabeza, pero Sean habló.

—Mi señora, debemos hablar con usted. Me temo que es un asunto urgente.

—¿Oh? —Audrey esperó a que la siguieran escaleras arriba hasta su estudio privado.

Una vez dentro y con la puerta cerrada, Audrey se sentó y los miró expectante.

—Mi señora, ha recibido una advertencia del señor Worthing. No debe seguir con el plan de esta noche.

Audrey frunció el ceño.

—Pero, ¿por qué no? Sabéis que esos hombres son unos monstruos. No puedo dejar que sigan con sus horribles reuniones.

A Gillian le dolía la cabeza, y compartió una mirada con Sean.

—Mi señora, había un hombre. Me ha atacado para conseguir la carta del señor Worthing.

—¡Atacado! Cielos, Gillian, ¿estás bien? —Audrey se puso en pie en un instante, corriendo al lado de Gillian y tirando de ella hacia una silla—. Por favor, siéntate. No tenía ni idea.

Por primera vez, Gillian vio una dosis de preocupación genuina en los ojos de su ama.

—Estoy bien. Lord Pembroke me ha asistido y acompañado a casa.

—¿De verdad? James es un encanto —masculló Audrey.

Un repentino destello de envidia recorrió a Gillian al oír a Audrey pronunciar el nombre de James con una confianza abierta y cómoda. Solo consiguió recordarle el abismo que los separaba.

—Debería darle las gracias —añadió Audrey.

—¡No! —jadeó Gillian. Sean y Audrey la miraron fijamente y ella supo que tendría que explicar, al menos en parte, el resto de su día—. Yo... es decir, el Conde de Pembroke me ha confundido con una dama, y yo... es decir, no lo he corregido exactamente.

Cuando terminó de confesar todo, Audrey guardó silencio. Sean la miró con desaprobación.

—¿Me va a despedir? —preguntó Gillian. La idea no era descabellada, dado su escandaloso comportamiento y engaño.

—¿Despedir? —Audrey inclinó la cabeza hacia un lado, desconcertada—. ¿Por qué iba a despedirte?

—Porque he engañado a Lord Pembroke y actuado por encima de mis posición.

De nuevo, su señora la miró, con la cabeza todavía inclinada en un ligero ángulo, sus ojos marrones brillantes.

—Quizás otra persona te despediría, pero no somos simplemente una ama y su dama de compañía, Gillian. Somos *amigas*. Te conozco casi tan bien como tú misma. No creo que hayas actuado mal con Lord Pembroke. Él hizo una suposición, y tú no lo has corregido. Ese es un asunto del que podemos preocuparnos más tarde. Lo que es importante es que estás bien. Deseo que descanses esta noche. Sean te cuidará.

—¿Y usted se quedará aquí, mi señora? ¿Estará a salvo? —presionó Gillian.

—Estaré a salvo —le aseguró Audrey—. Ahora vamos a meterte en la cama para que puedas descansar.

Gillian salió del estudio de Audrey y subió las escaleras hasta su dormitorio privado. Sean le llevó otra taza de té y un cuenco de sopa, la cual olía divinamente. Después de comer, se tumbó en su estrecha cama, se echó la colcha alrededor del cuerpo y cerró los ojos. Hoy habían pasado muchas cosas: cosas aterradoras y cosas maravillosas.

Sabía que lo que había hecho con James estaba mal. No era una dama como Audrey. Pero, por unas horas, se había olvidado de lo cansada y ansiosa que estaba y de lo asfixiante que podía ser su vida de criada. Había sido simplemente ella misma, Gillian, y había besado a un maravilloso y atractivo noble.

Revivió su intenso momento en la librería, grabándolo en su memoria. Eso la mantendría caliente durante las largas y solitarias noches que estaban por venir. Gillian nunca sería una dama como su señora, pero podía permitirse imaginar qué habría sucedido de haber sido la dama de Lord Pembroke. Una lágrima cayó de sus ojos cerrados, humedeciendo su almohada.

Soy una doncella traviesa por pensar así, pero me gustaría ser su doncella traviesa.

SEGUNDA PARTE

CAPÍTULO 5

Quizá los ojos de Audrey Sheridan estaban fijos en su reflejo en el espejo del tocador, pero su mente estaba concentrada en su interior. Esta noche iba a embarcarse en una peligrosa misión: infiltrarse en un club infernal para desenmascarar a sus miembros y a sus sórdidos actos ante la sociedad londinense.

Como Lady Society, columnista secreta, se enorgullecía de los artículos que escribía para *La Gaceta del Monóculo de Cristal*. No escribía tonterías sobre quién se casaba con quién o quién había lucido la última moda de París —aunque le encantaba hablar de moda—. Sus artículos estaban pensados para superar los límites de la sociedad.

Al fin y al cabo, la *alta*, abandonada a su suerte, permanecería autocomplaciente e indiferente. Una tierra estancada, desprovista de nuevas ideas que solo consagraba sola las antiguas. Un lugar donde el progreso no sería tolerado, y mucho menos aceptado.

Una sonrisa curvó sus labios al pensar en cómo la incursión de esta noche en un club peligroso sorprendería a todos. Ella iría de incógnito, por supuesto, pero aun así, una vez que escribiera el artículo exponiendo a los caballeros que pertenecían al club infernal, todo Londres se escandalizaría ante la idea de que la misteriosa Lady Society corriera demasiado peligro y sobreviviera con su identidad aún sumida en el misterio.

El problema era evitar que su hermano mayor, Cedric, y sus amigos, la Liga de Pícaros, descubrieran sus planes. Todos eran encantadores, pero Dios, podían ser muy sobreprotectores con ella. Era como si tuviera cinco hermanos mayores en lugar de uno solo. Desde la muerte de sus padres cuando ella era una niña, Cedric se había convertido en algo más que un hermano: se había transformado en un feroz guardián. Si pudiera, la habría envuelto en una bola gigante de muselina para protegerla.

—Listo, mi señora —su dama de compañía, Gillian Beaumont, acomodó un delicado rizo en el peinado de Audrey.

Audrey miró a su criada en el espejo, queriendo ver si la joven le devolvía la sonrisa. Gillian estaba muy seria todo el tiempo. Ambas tenían diecinueve años, pero Gillian parecía muy abatida a veces, como si hubiera vivido muchas vidas antes de esta y ninguna hubiera acabado bien. Era Audrey quien insistía en involucrar a su criada en sus descabellados planes. Quería que su amiga viviera un poco.

—Perfecto. Hoy tengo que lucir impecable. La Liga vendrá para el té dentro de una hora y... —las mejillas de Audrey se encendieron cuando ya no pudo apartar sus pensamientos del hombre que pronto estaría bajo su techo. Sabía que Gillian asumiría que ella iba a quedarse aquí mientras ellos acudían al té, pero eso era lo último que Audrey quería. Se había vuelto dolorosamente evidente que Jonathan St. Laurent no quería tener nada que ver con ella. Había dejado perfectamente claras sus intenciones la Navidad pasada, cuando prácticamente había huido de la habitación cuando ella había intentado seducirlo.

No quiere nada conmigo, así que no me quedaré aquí para ser educada.

Sus sentimientos estaban heridos. Más que heridos. Se había enamorado de Jonathan poco después de conocerlo y no había soñado con ningún otro hombre desde entonces. Aunque sus sentimientos hacia él no habían cambiado, ella tenía orgullo y estaba cansada de intentar cortejarlo.

—¿Y el señor St. Laurent estará allí? —preguntó su criada.

—Eh... supongo que sí —titubeó. Realmente no quería hablar más de Jonathan—. Gillian, ¿podrías hacer algunos recados por mí hoy? Creo que tenemos que publicar algunos artículos en *La Gaceta del Monóculo de Cristal* que tendrán que salir en las próximas semanas. ¿Te importaría ocuparte de eso por mí?

Se subió un poco el corpiño del vestido. La muselina de batista azul era una elección sensata, pero la gasa lavanda del dobladillo la hacía sentir como una reina de las hadas. Todo el mundo se mofaba de su afición a la moda, pero ninguno entendía que era parte de su poder, con un alcance mucho mayor del que cualquiera de ellos sospechaba. Podía disfrazarse de muchacho o vestirse como una reina, y siempre obtenía grandes resultados. Ladeó la cabeza al darse cuenta de que Gillian no le había contestado. Su criada tenía la mirada fija en la distancia mientras sus manos jugaban distraídamente con un pedazo de su propio vestido.

—¿Y bien? ¿Te importaría mucho?

Los ojos de Gillian se abrieron de par en par y se centraron en Audrey.

—Por supuesto, mis disculpas, mi señora. Estaba soñando despierta. Sí, déjeme los artículos y me encargaré de entregarlos a quien corresponda.

—Excelente —Audrey se dirigió a su escritorio, sacó tres artículos que había empaquetado cuidadosamente y se los entregó a Gillian.

—¿Necesita algo más, mi señora?

—De momento no. Ah, y recuerda que esta noche iremos a ese club infernal.

Su criada se puso rígida y el papel que sostenía se arrugó.

—Mi señora, no creo que debamos...

Audrey dio un golpecito con el pie y se cruzó de brazos.

—Gillian, sabes que ese horrible Gerald Langley pertenece a

ese club. ¿Cómo se llamaba? —buscó en su memoria—. Pecadores y Sádicos, no... ¡Espera! —levantó un dedo en el aire—. Los Pecadores Impíos del Infierno.

Gillian se estremeció abiertamente.

—¿Debemos ir esta noche? Los hombres podrían ser peligrosos.

¿Peligrosos? Dios, ella esperaba que sí. La vida podía ser muy tediosa para una dama de noble nacimiento. Anhelaba la misma libertad que los hombres para moverse libremente y hacer lo que quisiera.

—Tonterías. No debería pasarnos nada. Permiten que las damas asistan a sus festividades impías, y si llevamos a Charles y a su ayuda de cámara como escoltas, estaremos bastante seguras.

Gillian la miró fijamente.

—¿Lord Lonsdale? No es exactamente un hombre de buena reputación. Sé que recuerdas a los cisnes. Todo el mundo se escandalizó.

Audrey no pudo reprimir su risita. Los cisnes. A todo el mundo le encantaba la historia de los cisnes.

—Por supuesto que sí. Yo estuve allí. Charles no es tan malo. Me costó muchísimo intentar besarlo, ¿recuerdas? Es más caballeroso de lo que parece.

Su criada soltó un pequeño resoplido y se dirigió hacia la puerta, pero Audrey recordó súbitamente una cosa más que necesitaba que Gillian hiciera, algo que la mantendría claramente ocupada mientras Audrey se escapaba esta tarde para continuar con su formación como espía. Sabía que Gillian lo desaprobaría, pero Audrey tenía que hacer algo, tenía que vivir algunas aventuras.

—¡Los vestidos! Lo había olvidado por completo. Debes ir a casa de Madame Ella a por los vestidos. Pruébatelos para comprobar que se ajustan bien —dijo Audrey. Confiaba en la habilidad de la modista, pero a veces quería darle a Gillian una muestra de la vida que nunca tendría la oportunidad de experimentar. Era hija de un conde y, en otras circunstancias, habría estado por encima de Audrey, pero se había visto obligada a trabajar como empleada doméstica para proporcionarle a su madre una vida decente. Pero Gillian estaba sola ahora, excepto por Audrey, y no dejaría que el espíritu de Gillian se fuera apagando. Las mujeres necesitaban apoyarse unas a otras.

Gillian suspiró, con los hombros caídos mientras asentía.

—Gracias —acompañó a su criada hasta la puerta y le dio un pequeño empujón en señal de ánimo. Audrey se quedó en lo alto de la escalera, mirando a su amiga partir—. Diviértete hoy. Te lo mereces —susurró, con la esperanza de que Gillian aprovechara el día para olvidarse de su papel de sirvienta, al igual que Audrey se liberaría esta tarde de su propia esclavitud como dama de alta cuna. Cuando estuvo segura de que su criada con ojo atento se había marchado, regresó a su habitación y comprobó su aspecto una vez más para luego coger la carta escondida en el bolsillo de su vestido. La sacó y la volvió a leer.

Señorita Sheridan,
Será un placer darle lecciones en las artes de las que hemos hablado, pero debe asegurarse de venir sola al Jardín Midnight. No puedo recibirla en mi residencia. Alquile un carruaje y haga que le deje en la callejuela. Un sirviente la estará esperando para acompañarla al interior.
Evangeline Mirabeau

Audrey rompió con cuidado la carta en pedacitos y los guardó en un cajón para disponer de ellos más tarde. Cogió su reticule y consultó el reloj en la repisa de la chimenea. Era casi la una. Debía irse antes de que la Liga llegara para el té. Si tenía que explicar el motivo de su huida, su hermano podría sospechar que estaba tramando algo... cosa que, sin duda, estaba haciendo.

Mientras volvía a salir de su habitación y empezaba a bajar las escaleras, su cuñada, Anne, salió de la biblioteca y la saludó.

—¡Audrey! Me alegra mucho haberte encontrado. Cedric y yo queremos hablar contigo antes de que lleguen todos.

Anne estaba positivamente radiante, y Audrey sospechaba que la noticia que su hermano quería compartir implicaba un pequeño Sheridan en camino. Pero no iba a estropear su momento de alegría haciéndoles saber que lo había adivinado. Durante la última semana había visto a su hermano y a Anne intercambiar susurros en el desayuno, así como sonrisas secretas.

Audrey intentó ignorar una pequeña punzada de envidia. Quería estar casada con un hombre y amarlo como Anne amaba a su hermano. Pero Jonathan no la quería, y ningún otro hombre la había conquistado como él. Por lo tanto, se propuso seguir sola y convertirse en la típica solterona, aunque viviendo en secreto una vida de espionaje e intriga; suponiendo que Evangeline Mirabeau pudiera ayudarla a aprender debidamente el oficio. Audrey sabía que ella misma debía poseer ciertas habilidades para haber descubierto los secretos de la sociedad y pasar desapercibida como Lady Society durante tanto tiempo.

Anne entrelazó su brazo con el de Audrey y entraron en el estudio de su hermano. Cedric estaba sentado en su escritorio, con el sol del mediodía iluminándolo mientras leía una pila de cartas.

—Cedric, he encontrado a Audrey —Anne esbozó una cálida sonrisa, soltó el brazo de Audrey y se acercó a su marido para besarle la mejilla. Su hermano sonrió mientras apartaba las cartas y se ponía de pie. Rodeó la cintura de Anne con un brazo y sus ojos marrones centellearon.

—Ah, bien. Supongo que Anne ha dicho que tenemos noticias que compartir contigo.

—Sí —Audrey esperó, dejándolos disfrutar de su noticia. Estaba muy contenta por ellos. Cedric se había quedado ciego la Navidad pasada, casi perdiendo las ganas de vivir. El matrimonio le había salvado en más de un sentido. Había recuperado la vista y también el ánimo. Ambos se merecían una gran alegría en sus vidas.

—Estamos esperando un bebé. Todavía es muy pronto, pero tenemos muchas esperanzas.

Los ojos de Audrey se llenaron de lágrimas al mirar a su hermano y a su mujer. Ambos estaban radiantes con su amor y la promesa de su primer hijo.

—¡Oh, Cedric, es la noticia más maravillosa! —se precipitó hacia él y los abrazó a los dos. Su hermano soltó a Anne para abrazar a Audrey con fuerza.

—Espero que no te importe ser la tía complaciente de nuestro pequeño.

—¡Claro que no! —ella resolló y se limpió los ojos cuando él la soltó. Su otra hermana, Horatia, también estaba embarazada, pero como ella y Lucien vivían en una casa independiente, Audrey no vería a su hijo tanto como a este bajo su propio techo.

—Pero no sientas que debes quedarte —dijo Anne, con un tono serio—. Lo único que queremos es que seas feliz, y parece que últimamente... —Anne miró a Cedric, compartiendo una mirada de preocupación.

—¿Qué? —preguntó Audrey.

—Que te sientes sola. Odio verte tan infeliz, gatita —Cedric dio unos golpecitos en su barbilla, como había hecho demasiadas veces a lo largo de los años. Siempre la había cuidado, siempre había priorizado sus intereses. Se había visto obligado a crecer demasiado rápido y se había convertido en padre y madre de sus hermanas. Ahora estaba preparado para ser padre de su propio hijo, y Audrey no deseaba ser una carga, pero la verdad era que no podía vivir sola. Eso no había sido establecido. La sociedad capturaba a las mujeres en jaulas doradas donde no tenían verdadera independencia.

—Antes te emocionaba pensar en bailes y pretendientes. Yo he prometido dejar de desafiar a tus galanes, ¿qué ha cambiado? —Cedric, como siempre, veía a través de ella. Pero Audrey no quería arruinar su feliz noticia cargando sus propias preocupaciones y penas sobre él.

Fingió una brillante sonrisa en sus labios.

—Estoy bien.

—Pero...

—Últimamente, he estado muy melancólica porque la moda que me gusta en vestidos ha cambiado. Para una dama, cambiar su guardarropa a causa del aumento de la cintura en los vestidos y el volumen de las faldas puede arruinar su felicidad —se rio, aunque el sonido resonó falso en sus oídos.

—Eh... claro —Cedric dudó, su instinto fraternal le advirtió que algo andaba mal. Audrey podía ver la sospecha en sus ojos, pero esperaba que no siguiera presionándola.

Un golpe en la puerta del estudio hizo que todos se volvieran para ver a un lacayo allí.

—Milord, sus invitados de la tarde han llegado —dijo el muchacho.

Las preocupaciones de Cedric se evaporaron al mirar a Anne.

—¿Lista para compartir las buenas noticias con la Liga?

Anne asintió con la cabeza y un rubor se apoderó de sus mejillas.

—No puedo esperar. Tres bebés muy cercanos en edad. Será maravilloso —otros dos miembros de la Liga estaban esperando hijos, entre ellos Horatia y su marido Lucien.

—Efectivamente —coincidió Cedric. Audrey dio un paso atrás para dejarlos salir al pasillo. El corazón le latía rápidamente. Sabía quién podía estar allí.

Jonathan.

No quería enfrentarse a él, no después de la última vez que habían estado a solas. Él la había arrastrado desde Fives Court, donde ella se había disfrazado de muchacho para ver a Charles en un combate de boxeo. Audrey había estado muy segura de que su disfraz había sido bueno, pero él la había descubierto y se había enfurecido por su presencia en un lugar así, especialmente disfrazada de hombre. Audrey se había exasperado y enfurecido con él cuando la arrastró del brazo como a una niña traviesa.

La había llevado directamente a casa en un carruaje, sermoneándola durante todo el trayecto. Ella no había olvidado su discusión. Le había gritado que no era una niña y él le había dicho: *"Me lo creeré cuando empieces a comportarte como la fina dama que se supone que eres".*

Una fina dama. Jonathan no sabía nada sobre las finas damas. Después de todo, había sido criado como un sirviente. La idea la hizo estremecerse, no porque él hubiera sido sirviente —ella no se creía superior—, sino porque sabía que él estaba sensible al respecto. Hacía solo unos meses que se había enterado de que era el hijo legítimo del difunto Duque de Essex y el hermanastro del actual duque.

Jonathan se había encontrado con una tormenta de escándalo cuando fue presentado a la *alta* el otoño pasado. El hijo de la dama de compañía de la difunta duquesa, nacido como consecuencia de un matrimonio secreto y escondido a plena vista como la ayuda de cámara de su propio hermanastro...

Nada de eso le importaba a Audrey, por supuesto. Le encantaba un buen escándalo. Después de todo, era su fuerte como Lady Society.

La entrada estalló de ruido cuando toda la Liga desfiló por la puerta principal. Audrey se quedó atrás, apoyada en la jamba del estudio de Cedric, mientras veía entrar primero a Horatia y a su marido Lucien, el Marqués de Rochester. Godric, el Duque de Essex, y su esposa, Emily, fueron los siguientes, seguidos por Ashton, el Barón de Lennox y su esposa, Rosalind. Charles, el Conde de Lonsdale, no apareció, y eso inquietó a Audrey.

Estaba preocupada por Charles. Cada vez que uno de los miembros de la Liga de los Pícaros se casaba, él se encerraba más en sí mismo. Su aislamiento no era natural, pero Audrey comprendía lo que él podría estar sintiendo. Era triste ver cómo su familia y sus amigos se casaban y la abandonaban. No la excluían a propósito, pero igualmente se sentía sola. Charles tenía que estar experimentando sentimientos similares. Tenía sentido.

—¡Audrey! —Horatia, como siempre, la buscó enseguida. Su precioso vestido rosado era amplio en la cintura y mostraba su barriga de embarazada. Horatia la abrazó con fuerza, y sus ojos marrones buscaron los de Audrey—. No pareces estar bien. ¿Por qué no vamos a algún sitio a hablar? —sugirió.

—No, estoy bien, bastante bien, te lo aseguro —sonrió y apoyó la palma de su mano sobre el vientre de Horatia—. ¿Cómo está hoy mi futura sobrina o sobrino?

Su hermana sonrió brillantemente.

—Alegre. Él ha estado pateando hasta el cansancio.

—¿Él? —Audrey se aferró a esa palabra.

Horatia soltó una risita.

—Tengo sueños con el bebé y siempre es un niño. Lucien jura que es una niña por todo el lío que monta cuando patea y me despierta por la noche.

—Estoy de acuerdo contigo, parece más bien un niño porque está causando problemas —Audrey sonrió, sintiéndose mejor al imaginar al hijo de Horatia y Lucien, así como las travesuras en las que el pequeño o la pequeña podría meterse.

Antes de que pudiera seguir hablando, toda la Liga se había dirigido al salón para el té. Audrey los vio partir, pero no hizo ningún movimiento para seguirlos. En su lugar, cogió su reticule y se dirigió a la puerta principal. Apenas había alcanzado el picaporte cuando la puerta se abrió. Retrocediendo a trompicones, parpadeó ante la brillante luz de la puerta y la alta figura que se distinguía allí.

—Oh... señorita Sheridan —para sus oídos, la voz de Jonathan era tan suave y exquisita como la miel.

¡Maldición! Había esperado escapar antes de su llegada.

—Señor St. Laurent —Audrey se recuperó rápidamente y dio un paso atrás, permitiéndole entrar. Cuando él se alejó de la luz brillante y pudo verlo mejor, vio que llevaba unos pantalones de gamuza que se ceñían a sus piernas delgadas y musculosas, y un chaleco bermellón que iluminaba su pelo castaño claro. Sus ojos verdes siempre brillaban con malicia, como si supiera secretos que ella se moriría por conocer, dando cualquier cosa por ellos.

—Perdón, estaba a punto de...

—¿Huir? —sugirió él, levantando una ceja dorada oscura.

¿Estaba acusándola de darse a la fuga? Audrey maldijo en su interior. Jonathan tenía razón, ella estaba huyendo de él, pero no le gustaba pensar que era capaz de leerla muy fácilmente.

—No estaba huyendo —replicó astutamente—. Debo hacer cosas y no puedo reunirme con todo el mundo para beber el té —comenzó a rodearlo para marcharse, pero la cogió del brazo, reteniéndola.

—¿No te olvidas de algo? —su voz seguía siendo suave y ronca, un tono más adecuado para el susurro de un amante en la alcoba. El aire entre ellos estaba saturado de palabras no pronunciadas y de una tensión que le produjo escalofríos mientras un deseo prohibido surgía en su interior.

Se miró a sí misma y luego a su alrededor.

—No...

Él puso los ojos en blanco.

—Una chaperona. Necesitas una. ¿Dónde está Gillian? —su agarre en el brazo de Audrey se intensificó y su cuerpo vibró por el hambre interior que había jurado ignorar sin importar lo mucho que deseara satisfacerla. Sus palabras la enfurecieron. Una vez más, la estaba castigando como a una niña mientras lograba que se sintiera salvaje y cachonda...

Entornó los ojos hacia él.

—¿Una chaperona? Ciertamente *no* la necesito, y Gillian está haciendo encargos por mí. Que tengas un buen día —liberó su brazo de un tirón y bajó los escalones hacia la calle de forma poco femenina, esperando a que su coche de caballos de alquiler llegara a por ella.

¡Maldito pícaro! Yo no debería ser vigilada a cada instante.

No miró hacia atrás, ni una sola vez, ni siquiera cuando el vehículo se detuvo frente a ella y le indicó al conductor su destino mientras subía.

¡Hombre tonto y odioso!

Audrey miró por la ventanilla e intentó concentrarse en las lecciones que iba a recibir. Su tutora era Evangeline Mirabeau, la antigua amante del hermanastro de Jonathan, Godric. Esa información había sido sorprendentemente fácil de obtener; después de todo, la amante de un duque solía tener una reputación. Lo que más le interesaba a Audrey no era la relación de Evangeline con Godric, sino cómo ella había llegado a Inglaterra y construido su propia vida.

La mayoría de las damas se escandalizarían incluso pronunciando el nombre de una cortesana, pero Audrey no era como la mayoría. Evangeline era francesa y sabía mucho sobre los problemas del continente. Se había visto obligada a huir tras el asesinato de su familia aristocrática. Había luchado para llegar a Inglaterra, solo para convertirse en una cortesana y así poder sobrevivir. Más que juzgarla, Audrey la respetaba por su fortaleza.

Cuando el carruaje se detuvo frente al Jardín Midnight, Audrey se estremeció. Nunca había entrado en un burdel, pero este era el mejor lugar para encontrarse con Evangeline. Los dueños del Jardín mantendrían su identidad en secreto, al igual que ella mantendría sus nombres en privado, ya que ninguno admitiría su presencia. Una discreción mutuamente asegurada.

El chófer se detuvo en la entrada de la callejuela, justo entre el Jardín de Midnight y la siguiente casa de ciudad. Descendió del carruaje y le pagó al hombre para que volviera en dos horas. Audrey enderezó los hombros y se apresuró a recorrer el estrecho callejón hasta llegar a una puerta que fue abierta por un hombre después de un solo golpe. El sirviente era un hombre apuesto con una sonrisa que provocó que el corazón de Audrey diera un vuelco. Ya había sido advertida por Evangeline sobre los sirvientes del Jardín y lo seductores que podían ser.

—Bienvenida, mi señora —ronroneó el hombre—. ¿Ha elegido su placer para esta tarde, o puedo ofrecerle mis servicios? —el hombre le hizo un gesto para que lo siguiera a una sala de estar al final del pasillo. Todo lo que había en la habitación en la que entraron era de color rojo. Se sonrojó al recordar que su hermana había entrado aquí a escondidas para reunirse con

Lucien. Ese pícaro en particular adoraba el color rojo. ¿Este era el lugar donde había descubierto su amor por dicho color?

—Tengo una reunión con la señorita Mirabeau —el cuerpo de Audrey reaccionó cuando el hombre se inclinó hacia donde ella estaba sentada en el sofá para acariciar su mejilla con el dorso de sus nudillos.

—¿Una mujer? Estoy muy decepcionado. Llevo años sin degustar un bombón tan joven y lindo como tú.

—Me temo que tendrás que esperar un poco más —un oscuro gruñido llegó desde la puerta detrás del apuesto sirviente.

Audrey jadeó mientras se movía a un lado, inclinándose por delante del hombre para ver quién había hablado. Era exactamente lo que temía.

La habían seguido.

CAPÍTULO 6

Jonathan St. Laurent subió los escalones de la casa Sheridan, con el corazón acelerado. *Ella* estaba allí. Esa chiquilla que había alimentado demasiadas fantasías últimamente. Sus ojos castaños oscuros clavados en los suyos; los oscuros y abundantes rizos de su cabello castaño rojizo extendidos sobre la almohada; y sus labios entreabiertos mientras jadeaba y gemía su nombre. Era una mujer llena de pasión... y ella lo asustaba muchísimo. Era la única mujer que había conocido que parecía saber exactamente quién era y qué quería de la vida. Nunca querría a un hombre como él, no realmente. Su interés en él no era más que un juego para ella.

Y yo soy el tonto que quiere casarse con ella, si me acepta.

Jonathan se detuvo frente a la puerta cerrada, dudando. El sudor se le acumuló en las palmas de sus manos mientras luchaba contra una oleada de nervios. Se puso los guantes de montar, intentando prepararse para entrar. Jonathan se detuvo mientras miraba fijamente la aldaba de hierro con forma de cabeza de león.

La Navidad pasada, él había armado un lío, pero, a decir verdad, ella lo había pillado desprevenido. Lucien había estado peleando con Horatia y había animado a Jonathan a sujetar firmemente a Audrey para llevarla a su habitación.

El resultado no había sido bueno.

Había perdido el control y había sacado a la mujer de la habitación en brazos. Ella le había dado un sonoro golpe con una revista de moda enrollada mientras se retorcía como un pez. Al llegar arriba, el temperamento y las pasiones de Jonathan habían estado tan mezclados como para no poder separarlos lo suficiente y aclarar su mente. La había arrojado a la cama y ella lo había empujado encima de ella.

Aquel primer beso —Dios, ella había tenido un sabor muy dulce—. Su boca había sido tan suave como unos pétalos y tan caliente como el fuego. Él había perdido el control. Era una mujer a la que un hombre podía besar durante días sin querer parar. Nunca. Por poco, él no lo había hecho. Jonathan se había entregado a sus deseos, inmovilizándola en su cama y reclamando su boca de todas las formas soñadas desde hacía meses.

Y luego Audrey había hecho algo que ninguna jovencita de sangre noble debería saber hacer. Lo había *acariciado*. El toque en su polla, incluso a través de los pantalones, casi lo había matado. Se había apartado de ella para huir de la habitación. De haberse quedado, la habría follado, con poca o ninguna capacidad para contenerse.

Desde entonces, yo he estado huyendo.

La deseaba tanto que le dolía, pero ella era demasiado buena para él. Aunque su hermano y el resto de la Liga habían alentado la relación, Jonathan seguía sintiéndose indigno. Había sido criado como un sirviente hasta sus veinticuatro años. Y, entonces, su mundo bien organizado había dado un giro radical al descubrir que no solo era hermanastro de Godric, sino hijo *legítimo* de su padre.

La verdad de su origen, aunque bien conocida, todavía era objeto de susurros. Audrey no se merecía esa clase de mancha sobre su vida social, y él sabía que los bailes y las fiestas le importaban mucho. Era una mujer que disfrutaba de la vida, una mujer a la que le gustaba reír, sonreír y bailar. Hasta que Londres dejara de susurrar sobre él, no podía arriesgarse a pedirle matrimonio, por mucho que lo deseara.

Después de mirar detenidamente la aldaba, decidió no usarla y simplemente entró en la casa, esperando encontrar a la Liga llenando el vestíbulo. En cambio, colisionó con aquella mujer que lo atormentaba.

—Oh... señorita Sheridan —logró decir, sorprendido por su belleza. Ella parpadeó y entrecerró los ojos en su dirección, pero a él no le importó. Lucía tan encantadora como una mujer ataviada para un baile. Diablos, incluso había estado encantadora con su disfraz de varón en Fives Court mientras gritaba palabrotas como cualquier hombre en un combate de boxeo.

Dios, le parecía una criatura fascinante.

—Señor St. Laurent —respondió ella, con un tono frío. Eso era ciertamente culpa de él. La última vez que habían estado a solas, él la había arrastrado lejos de Fives Court para sermonearla sobre los peligros. Ella no tenía ni idea de lo precaria que había sido su situación. Fives Court atraía a caballeros, pero también a la escoria de la sociedad, hombres que no se habrían detenido al descubrir que se trataba de una mujer. Cuando se dio cuenta de que era ella y no uno de los chicos que adoraban a Charles mientras boxeaba, a Jonathan casi se le salió el corazón del pecho. Su único pensamiento había sido ponerla a salvo. Y esa pequeña diablilla se lo estaba echando en cara.

Audrey intentó esquivarlo.

—Perdón, estaba a punto de...

—¿Huir? —arqueó una ceja. Estaba huyendo, algo que no solía hacer. Su cara estaba pálida y sus ojos un poco rojos. ¿Algo la había alterado? Jonathan hizo lo único que podía hacer. La retó a quedarse y a discutir con él.

—*No* estaba huyendo —espetó, levantando la barbilla con actitud desafiante—. Debo hacer cosas y no puedo reunirme con todo el mundo para beber el té.

Jonathan la cogió del brazo, reteniéndola. Podía sentir el

calor de su piel contra la suya, encendiendo sus sentidos. El impulso de girarla, colocarla frente a él y besarla eran casi irresistibles. Lo único que lo detuvo fue saber que su hermano estaba a una puerta de distancia, y aunque Cedric aprobaba la relación, no aprobaría que su hermana fuera besada como una vulgar moza a la vista de todos. Eso haría que lo fusilaran en un instante, aunque el beso justificara la muerte.

Intentó enterrar la idea de besarla y concentrarse en el hecho de que estaba marchándose de la casa sola.

—¿No te olvidas de algo?

La mirada de confusión cuando Audrey miró a su alrededor le habría provocado una risa en cualquier otro momento. Estaba tan segura de sí misma que ni siquiera había pensado en su acompañante. Criatura terca... adorablemente terca.

—No —ella lo fulminó con la mirada y él puso los ojos en blanco.

—Una chaperona. Necesitas una. ¿Dónde está Gillian? —buscó en el vestíbulo a la criada de Audrey. Como antiguo sirviente, nunca los subestimaba. La criada de Audrey solía ser bastante buena para mantener a su ama alejada de los problemas. Normalmente, Gillian era la sombra de Audrey. Las dos rara vez se separaban, pero ahora no había ni rastro de la tranquila dama de compañía.

—¿Una chaperona? Ciertamente *no* la necesito, y Gillian está haciendo encargos por mí. Que tengas un buen día —Audrey liberó su brazo con una fuerza sorprendente para tratarse de una persona muy pequeña. Quiso detenerla, gritar y rogarle que se quedara, pero se quedó paralizado en lo alto de las escalones mientras ella se alejaba a toda prisa en un coche de caballos de alquiler. ¿A dónde diablos iba?

—Señor, ¿le gustaría unirse a los demás para el té? —preguntó el lacayo, Sean Hartley. Jonathan se giró hacia él.

—Eh... No. ¿Sabe usted a dónde ha ido la señorita Sheridan?

Sean negó con la cabeza.

—Ojalá lo supiera. No le ha mencionado al personal sobre su partida.

—¡Joder! —maldijo Jonathan—. Sean, trae mi caballo —regresó corriendo por los escalones, sin perder de vista el carruaje de Audrey mientras avanzaba por la calle. Un minuto después, un mozo de cuadra regresó con su caballo, el cual no había sido instalado en los establos de los Sheridan. Jonathan se limitó a inclinar la cabeza hacia el mozo antes de subirse a la silla de montar y clavar los talones en los flancos del caballo. Lo impulsó al galope para alcanzar el carruaje de Audrey, pero sin acercarse demasiado. No podía revelarle que la estaba siguiendo, al menos no hasta que descubriera qué estaba tramando.

Su carruaje se detuvo frente a un establecimiento que él conocía muy bien. El Jardín de Medianoche. Era un burdel de alto nivel, pero seguía siendo un maldito burdel y no era lugar para damas virginales de nacimiento gentil como Audrey. Jonathan tiró de las riendas de su caballo, disminuyendo la velocidad lo suficiente como para mantenerse alejado de su carruaje. Si ella decidía echar un vistazo, él no quería que lo viera.

—¿Qué demonios estás tramando? —masculló mientras desmontaba y dirigía su caballo hacia la entrada del Jardín. Pudo ver cómo Audrey desaparecía por una puerta en un costado del edificio. Un sirviente bajó los escalones para ocuparse de su caballo y Jonathan le entregó a la yegua—. ¿A dónde lleva esa puerta? —le preguntó al hombre mientras señalaba la entrada lateral.

—Habitaciones privadas para caballeros o damas que han concertado citas y no desean ser vistos.

Jonathan resopló. ¿Así que Audrey pensaba que podía ir a una casa de placer para satisfacer sus impulsos? Por encima de su cadáver. Desde el momento en que la besó en Navidad, supo que ella no era una flor marchita ni una virgen trémula con miedo a la pasión. Era una criatura salvaje y lasciva que anhelaba el amor físico tanto como él. Pero si ella estaba buscando a alguien con quien experimentar el amor, no lo haría con un hombre en un burdel. Audrey merecía aprender de las manos de un caballero, o al menos de alguien que se esforzara por serlo en ese momento.

Caminó por el callejón, ignorando el grito del sirviente para que se detuviera. Si el hombre lo perseguía, le daría un buen puñetazo.

Cuando llegó a la puerta, la encontró abierta. Irrumpió en el interior, sin saber qué esperar, y se sorprendió al encontrar un pasillo tapizado de seda con lámparas doradas que coincidían con el resto de la casa. Había puertas a ambos lados, donde probablemente se encontraban las salas de entretenimiento. La mayoría de los dormitorios estaban en el piso superior.

—¿Milord? —preguntó una mujer al salir de una habitación contigua. Sus senos parcialmente expuestos y su cara pintada pretendían realzar su aspecto, pero no lo consiguieron.

—Estoy buscando a una mujer, de esta altura —se llevó la mano al pecho, mostrándole a la otra mujer lo bajita que era Audrey—. Lleva un vestido de batista azul y tiene el pelo y los ojos oscuros.

—Está con Rufus, en la primera puerta de la izquierda —susurró roncamente la mujer. Él ignoró su invitación explícita.

Pasó por delante de ella.

—Gracias —cuando llegó a la puerta, estaba parcialmente abierta. Las voces eran suaves murmullos, pero sabía que, si abría la puerta, oiría mejor. Jonathan se preparó para una pelea mientras empujaba la puerta con su bota lo suficientemente fuerte como para que se abriera. Vio a un hombre alto inclinado sobre un sofá, y las zapatillas de casa de Audrey entre los muslos separados del hombre. Él la había acorralado contra el sofá. Sus palabras llenaron a Jonathan de una rabia cegadora.

—Llevo años sin degustar un bombón tan joven y lindo como tú.

Cerrando las manos en puños, Jonathan dio un paso hacia la habitación.

—Me temo que tendrás que esperar un poco más.

El hombre, Rufus, se giró, con los ojos muy abiertos.

—¿Milord? —se hizo a un lado, permitiendo que Audrey viera a Jonathan. *Hombre listo.* Si Rufus hubiera intentado interponerse entre él y Audrey, Jonathan lo habría derribado de un buen puñetazo.

—La dama no requiere tus servicios —le informó Jonathan—. Así que lárgate de esta habitación antes de que yo te eche.

Rufus le lanzó una última mirada a Audrey antes de salir corriendo.

—¡Señor St. Laurent! —Audrey se levantó de un salto del sofá, con un fuego dorado iluminando sus ojos castaños mientras se acercaba para enfrentarlo—. ¿Cómo se *atreve* a seguirme? ¡Cómo se *atreve* a interrumpir mi compromiso privado!

—¿Compromiso privado? No vas a necesitar ningún *servicio* aquí. ¿Entiendes?

Audrey levantó su reticule y le dio un fuerte golpe en el hombro.

—¡Oomph! —se estremeció. ¿Qué llevaba en esa maldita bolsita brillante?

—Apártate de mi camino. Voy a buscar a la madrota para que te eche —empezó a marchar por delante de él como un enérgico general del ejército, pero él la sujetó por la cintura. Antes de que ella pudiera detenerlo, se la echó al hombro y salió de la habitación. Si quería lecciones de seducción, iba a ser instruida por él y por nadie más.

CAPÍTULO 7

Audrey se le escapó el aliento de los pulmones cuando Jonathan subió la escalera central que conducía al resto de las habitaciones del Jardín Midnight. Solo se detuvo una vez, para exigir un dormitorio, mientras Audrey chillaba hasta que él le golpeó el culo con una mano. El golpe no había dolido, pero el mensaje había sido claro: ella ya no estaba al mando. Normalmente, perder el control la aterrorizaría, pero no con Jonathan; eso la excitaba. Le provocaba una sensación de desvanecimiento.

Probablemente porque estás colgado boca abajo, tonto. Se negaba a dejar que su cuerpo la traicionara, sobre todo cuando había jurado dejar de encontrar atractivo a Jonathan.

Él abrió la puerta del dormitorio y deslizó la cerradura en su lugar con una determinación aterradora antes de depositarla en la cama. Audrey pudo respirar mejor. Ya se recuperaría de que la llevaran de un lado a otro como un saco de patatas. Su pelo, artísticamente peinado, había empezado a deshacerse. Ella apartó unas cuantas horquillas de sus caóticos mechones y las arrojó al suelo con frustración.

—¿Por qué no me has llevado simplemente a casa? —le

preguntó, negándose a mirarlo mientras observaba su reflejo en un espejo de cuerpo entero al otro lado de la habitación. Su pelo no era salvable.

Jonathan se rio con dureza.

—Primero, dime *exactamente* por qué estás aquí. ¿Tienes idea de lo furioso que se pondría tu hermano si te encontrara en un burdel?

Ella se encogió de hombros.

—Ahora tiene muchas más cosas en la cabeza, al margen de mí. Él y Anne están esperando un bebé. Ya no tiene tiempo para preocuparse por mí, y tú tampoco deberías. Nadie te nombró mi guardián, así que deja de interpretar el papel. Ya le caes bien a él, a todos ellos, así que no necesitas protegerme para quedar bien con ellos —se deslizó fuera de la cama y se acercó al espejo.

Su cuerpo se calentó cuando él se paró detrás de ella. Era muy alto en comparación con ella. Cuando se encontró con su mirada en el espejo, vio el infame temperamento St. Laurent al acecho. No era el tipo de temperamento que la hacía temer por su propia seguridad. Cuando se enfadaba, al igual que su hermano mayor, expulsaba su furia a través de la dominación sensual. Como besarla para silenciar sus protestas. Audrey estaba verdaderamente aterrada por ello, no porque no quisiera que la dominara de ese modo, sino porque eso le gustaría mucho hasta el punto de perder la cordura.

—Audrey —la aspereza de su voz, habitualmente sedosa, la hizo temblar. Ella levantó la barbilla de forma desafiante.

—Llévame a casa. No me importa —pero sí le importaba. Él podría haber arruinado sus planes de reunirse con Evangeline.

—Sí te importa —dijo Jonathan, suavizando su tono—. Tienes necesidades y deseos como un hombre, y debe ser muy frustrante no tener a nadie que te enseñe —sus ojos verdes eran penetrantes, viendo a través de la bravuconería de Audrey. ¿Cómo podía saber cómo se sentía realmente? ¿Atrapada por sus propios deseos, sin poder aprender a disfrutar debido a las restricciones que la sociedad imponía a las mujeres cuando se trataba de la pasión? Su futuro marido se la habría enseñado, pero no podía casarse con cualquiera. Quería una unión por amor y esperaba que *este hombre* la quisiera. Pero no la quería—. Ningún otro hombre te enseñará —la feroz determinación en sus ojos la hizo querer gritar de frustración.

—¡Solo porque no me quieras, no significa que puedas simplemente encerrarme en una torre para morir solterona! —empezó a darse la vuelta, con la intención de abofetearlo, pero Jonathan se movió de manera inesperada. Le pasó un brazo por la cintura, reteniéndola y presionándola contra su pecho. Su otra mano la sujetó por la garganta, no con fuerza, pero el gesto posesivo le provocó un escalofrío de oscuro anhelo. La palma de la mano de Jonathan recorrió suavemente el cuello de Audrey mientras acercaba sus labios a la concha de su oreja.

—Nunca he dicho que no te quiera. Te quiero demasiado... ese es exactamente el problema. Ese sirviente tenía razón. Eres dulce como un bombón, y he soñado con mil maneras de reclamarte —el susurro perverso en su oído hizo que su sangre palpitara tan fuerte como si se tratara de un rugido sordo.

—¿Tú... me quieres? —seguramente, se estaba burlando, jugando con ella con algún fin cruel. Si la deseara, no la habría abandonado ni se habría resistido a ella cuando intentó mostrarle su deseo.

—Hasta el punto de que me duele el cuerpo. ¿Sabes lo que se siente? —gruñó Jonathan. Su mano en la cintura se deslizó por las faldas a lo largo de su muslo. Empezó a subirle el vestido. Audrey jadeó cuando la palma de su mano entró en contacto con su rodilla cubierta por las medias.

—¿Qué se siente? —la pregunta se le escapó de los labios en un susurro entrecortado.

Jonathan le mordió el lóbulo de la oreja. Pequeñas chispas se encendieron en su vientre. Un intenso calor la invadió, y su sexo comenzó a palpitar.

—Siento que voy a morir si no te saboreo, si no te inmovilizo en la cama y te follo. Cada músculo de mi cuerpo está rígido por la *necesidad* —sacudió sus caderas contra las de ella, y Audrey sintió el bulto de su excitación clavarse en la parte baja de su espalda. Las palpitaciones en su interior se intensificaron y ella jadeó suavemente. La mano de Jonathan por debajo de sus faldas había llegado al centro de sus muslos, y ahora dibujaba patrones provocativos en la piel desnuda de su pierna. Audrey no podía hablar, estaba embelesada por sus palabras y por cómo la hacía sentir—. A menudo me he preguntado si eres una especie de bruja, por la forma en que me hechizas. No puedo dormir por la noche sin imaginarme reclamándote una y otra vez —sus pestañas doradas y oscuras cayeron solo un poco mientras lamía su oreja. Audrey gimió ante el estallido de nuevas sensaciones provocadas por su traviesa lengua. Incapaz de detenerse, echó sus caderas hacia atrás, frotándose contra él. Era algo completamente lascivo, pero no le importaba. Necesitaba que él le entregara la pasión que sus manos y su boca le estaban prometiendo.

—¡Por favor, Jonathan, deja de torturarme! —suplicó.

Su risita áspera le produjo un delicioso escalofrío.

—¿Torturarte? Oh, querida. Ni siquiera he empezado —la mano de Jonathan entre sus piernas ascendió lenta y deliberadamente hasta llegar a su sexo lleno de dolor. Cuando la acarició allí, Audrey arqueó la espalda mientras un torrente de sensaciones la invadía. Se sintió mareada y le temblaron las piernas mientras él jugaba con ella. No había otra palabra más que *juego* para describir las suaves caricias en su zona y a lo largo de sus labios internos, los cuales se sentían aceitosos por su excitación —. Ya estás mojada para mí —él ronroneó las palabras en un grave rugido que ella sintió vibrar desde el pecho de Jonathan hasta su propia espalda.

No podía pensar más allá del hecho de que Jonathan tenía sus dedos dentro de ella, que la estaba acariciando en la parte más secreta de su cuerpo. Y, entonces...

El clímax la golpeó con fuerza, tan fuerte que gritó, pero él se aferró a ella, como un sabueso con un gatito entre sus garras. Audrey se quedó mirando el reflejo de ambos, viendo la sonrisa voraz de Jonathan mientras depositaba un beso en su mejilla y le susurraba suaves palabras sin sentido al oído. Su corazón se aceleró y su cuerpo se estremeció violentamente. En ese instante, experimentó la sensación de haber estado a punto de morir, antes de sentir que explotaba de adentro hacia afuera.

—Yo... no creo que pueda caminar —susurró. Sus piernas estaban bloqueadas y su cuerpo temblaba. Él retiró lentamente su mano de entre sus piernas y dejó que el vestido cayera en su sitio.

—Aguanta, cariño —la alzó en brazos y la sostuvo contra su pecho mientras la llevaba a la cama. La dejó allí y se unió a ella, recostándose contra las almohadas mientras la acercaba a él.

Audrey se sentía *desnuda*... expuesta de una manera que no tenía sentido. Rara vez se sentía tímida o vulnerable, pero ahora eso era una realidad.

Yo nunca había reflexionado demasiado sobre esto. Besar a un pícaro es una cosa, pero hacer el amor...

Esto era demasiado, las sensaciones eran demasiado aterradoras. Y ni siquiera había hecho el acto por completo.

—¿Qué pasa? —los ojos verdes de Jonathan se oscurecieron con preocupación.

—Debo irme —jadeó ella, saliendo de la cama. Su reticule estaba abandonado en el suelo. Lo cogió.

—Audrey, detente y descansa. Después de una experiencia así, necesitas unos minutos para recuperarte.

¿Recuperarse? Ella casi se rio. Nunca se recuperaría de lo que acababan de hacer.

—No, debo irme. Me estoy perdiendo el té... —masculló, odiando lo tontas que sonaban las palabras. Intentó abrir la puerta, pero no pudo.

—No te estás perdiendo el té —Jonathan estaba detrás de ella, con una mano apoyada en la puerta, usando su peso y su fuerza para mantenerla cerrada.

—Por favor —susurró ella—. *Por favor* —no sabía muy bien qué estaba pidiendo. Jonathan colocó una mano en su cintura y la atrajo suavemente hacia él, sosteniéndola cerca. El gesto lleno de cariño le provocó el deseo de llorar, pero no sabía por qué.

—Esa fue tu primera vez, ¿no? —le preguntó él, dándole un beso en la parte superior de la cabeza. Audrey asintió en silencio —. Los franceses la llaman 'la pequeña muerte' porque puede ser aterradora al principio, pero luego maravillosa.

Él tenía razón. Había sido aterrador y luego maravilloso, pero ella no estaba asustada por eso. Su miedo residía en las consecuencias, en el potente anhelo que parecía aferrarse a su corazón cuando pensaba en él abrazándola, besándola y haciéndole sentir cosas maravillosas. Aquí, en el Jardín Midnight, él veía claramente la presencia de Audrey como una invitación abierta, sin compromiso ni consecuencias. Ella no quería un corazón roto. Se negaba a dejar que un hombre controlara sus sentimientos. El amor le había parecido una gran aventura, pero ahora no quería entrar en el juego y arriesgarse a no ser correspondida.

—Vuelve a la cama conmigo —Jonathan presionó sus labios contra su cuello y Audrey se estremeció en su abrazo.

—Horatia me echará de menos —intentó argumentar.

—Bueno, que te eche de menos —Jonathan la hizo girar en sus brazos y le levantó la barbilla para que sus ojos se encontraran con los suyos. La suave expresión que había allí amenazó con matarla por su dulzura. Jonathan bajó la cabeza hacia la suya y la besó. Un beso muy dulce, su boca moviéndose sobre la de ella de una manera que llenó su cuerpo con una lenta ola de calor. Finalmente, Audrey entendía cómo una mujer podía desmayarse en los brazos de un hombre. Besar a Jonathan le provocaba mareos, como si hubiera bebido demasiado jerez. Cuando sus bocas se separaron, Jonathan deslizó la punta del pulgar por sus mejillas.

—¿Te sientes mejor?

—Sí —susurró ella.

—Bien, porque necesito hablar contigo. Sobre *nosotros* —sus ojos verdes eran como valles durante el verano, de color esmeralda oscuro y llenos de secretos.

¿Hablar de nosotros? No hay ningún nosotros. Él no quiere que haya un nosotros. Nunca. Ella se liberó de él de un tirón. Cualquier cosa que Jonathan quisiera decir la aplastaría.

—No. Lo que quieras decir, no lo hagas. No voy a estar de acuerdo, y no quiero escucharlo —abrió la puerta de un tirón y huyó hacia el pasillo.

—¡Audrey, espera! —Jonathan la llamó por su nombre, pero ella no se detuvo. Nunca dejaría de huir del hombre que le rompería el corazón.

Jonathan se tragó el sabor ácido de la decepción mientras veía huir a Audrey. Las palabras *¿Quieres casarte conmigo?* se marchitaron en sus labios y murieron. Ella ni siquiera quería escucharlo. Él había renunciado a resistirse a ella y decidido que se arriesgaría y le pediría matrimonio.

Pero ahora ella no lo quería. ¿Acaso todo era un juego elaborado por ella? ¿Seducir a un antiguo sirviente y arriesgarse al escándalo? Cuando se enfrentó a la posibilidad de casarse con él, huyó tan rápido como pudo.

Jonathan se apoyó en la pared de la alcoba, con el pecho oprimido por un dolor casi insoportable. No quería a ninguna otra mujer, no *podía* tener a ninguna otra; simplemente quería a la mujer que no le correspondía.

Miró el espejo, reviviendo cada exquisito y tormentoso momento mientras Audrey se deshacía en sus brazos. Él no había recibido ningún placer propio, excepto el de verla llegar al clímax. Ella había cerrado los ojos; sus pestañas oscuras se abrieron en abanico sobre sus mejillas y sus irresistibles labios se separaron; con su lengua rosada de gatita lamiéndolos mientras jadeaba. Dios, Audrey lo había tentado como ninguna otra.

—Bueno, pero si es Monsieur St. Laurent —una fría risa

femenina llegó desde la puerta. Se giró para ver a Evangeline Mirabeau mirándolo. Era una mujer encantadora, con todas sus curvas expuestas en un vestido delgado y apagado. Su cabello rubio miel colgaba en perfectos rizos. Era una verdadera cortesana francesa.

—Señorita Mirabeau —saludó él.

Ella sonrió, una sonrisa de complicidad.

—Una vez, hace mucho tiempo, usted y yo fuimos más íntimos que eso.

Él no quería ese recordatorio. Había sido una buena amante, y su belleza era incuestionable, pero las pasiones que ella había despertado una vez en él eran una mera llama de vela comparada con el infierno que Audrey creaba en su interior.

—Sí —coincidió—. Una vez, pero ya no.

—Me hieres con semejante convicción. Ah, bueno, *c'est la vie* —Evangeline echó un vistazo a la habitación—. Bueno, ¿dónde está tu pequeña amiga? ¿La chica Sheridan? Supongo que la has acompañado aquí para sus lecciones, ¿cierto?

—¿Lecciones? —levantó una ceja hacia la mujer, completamente confundido. ¿Audrey había venido aquí para aprender a ser una cortesana?

La francesa inclinó la cabeza. La diversión en sus ojos se atenuó mientras se ponía seria.

—¿No lo sabes?

—¿Saber qué?

—¿Que ella está interesada en... la etiqueta extranjera?

Jonathan se removió inquieto mientras intentaba entender lo que Evangeline estaba diciendo.

—Etiqueta... yo no... ¿Qué tiene que ver eso contigo?

—Ah, ya veo. Te preocupas por ella, *n'est-ce pas?* ¿Has venido aquí preocupado por su seguridad? —suspiró, como si estuviera a punto de hacer algo a lo que no estaba acostumbrada—. No expongo los secretos de un cliente, pero si te preocupas mucho por ella, supongo que debes saberlo. Su intención de aprender las formas de la corte francesa no es simplemente para los bailes elegantes.

—¿Qué quieres decir?

—No puedo decirlo, pero tal vez tu amigo Avery Russell sí.

—¿Avery? —se repente, los misteriosos comentarios de Evangeline cobraron sentido—. ¿Ella está aquí para aprender a ser espía? —Jonathan balbuceó la palabra—. ¿Audrey no estaba aquí para aprender el arte de la seducción?

—*Mais non,* eso lo hablamos durante el té hace unos meses.

¿Para qué demonios necesitaba aprender a espiar?

Y entonces comprendió todo. Audrey pasaba mucho tiempo con Charles, quien ayudaba de vez en cuando al hermano menor de Lucien Russell, Avery, en sus misiones de espionaje dentro de Londres. Audrey había estado experimentando con disfraces, pero él no había pensado que ella realmente buscaría a alguien para que le enseñara a ser espía.

Evangeline seguía sonriendo.

—Tendré que concertar una nueva cita con ella, ya que la has asustado —la mujer lo miró expectante y no pareció importarle el hecho de *haber* expuesto el secreto de su cliente.

Con un gruñido bajo, sacó unos cuantos billetes de una libra y se los entregó.

—Eso es por hoy, y esto —añadió unos cuantos billetes más—, es para que te niegues a ayudarla la próxima vez. Es demasiado inocente para el trabajo de espía. No quiero que esté en peligro.

—*Mon ami,* a no ser que pretendas encerrar a *la petite femme,* creo que ambos sabemos que hará lo que le plazca.

Jonathan gimió ante esto. Evangeline tenía razón.

—Y —continuó—, si ese es el caso, es mejor estar preparado, *¿oui?* ¿Qué curso de acción la pone realmente en más peligro?

—Bien. Si vuelve a acudir a ti para cualquier cosa, y me refiero a *cualquier cosa,* escríbeme de inmediato. Quiero involucrarme.

Esperó a que Evangeline asintiera antes de desprenderse del

último billete que le había estado tendiendo. Luego salió furioso de la habitación. Hoy había sido un desastre. No solo la mujer que le importaba le había dicho que nunca consideraría su propuesta, sino que se había enterado de que estaba arriesgando su vida para hacer realidad sus fantasías de espías e intrigas. Jonathan sabía que tendría que decírselo a sus hermanos; ellos tendrían que hacerla entrar en razón.

No puedo ser su marido, pero aún así haré todo lo que esté a mi alcance para protegerla.

Cuando Audrey entró en la casa Sheridan, estaba aturdida, con las emociones a flor de piel. Sabía que tenía un aspecto espantoso, con el pelo suelto y el vestido arrugado, pero no pudo evitarlo. Lo único que pudo hacer fue subir las escaleras y serenarse.

—¡Mi señora! —jadeó Gillian cuando ella y Sean, el lacayo, se precipitaron hacia Audrey desde las escaleras del servicio.

—¿Gillian? —Audrey miró fijamente a la criada. El aspecto de la otra mujer era tan lamentable como el de ella.

—Sí, mi señora.

Sean dio un paso adelante.

—Mi señora, debemos hablar con usted. Me temo que es un asunto urgente.

—¿Oh? —Audrey se dirigió a las escaleras. Tenía su propio estudio privado, y sería un buen lugar para hablar. Sean era la única persona, además de Gillian, a la que confiaba su identidad como Lady Society, y este no sería ni mucho menos su primer encuentro secreto. Era bueno que su hermano y la Liga siguieran bebiendo el té. Cerró la puerta una vez que Gillian y Sean estuvieron dentro y se sentó en su escritorio.

—Mi señora, ha recibido una advertencia del señor Worthing. No debe seguir con el plan de esta noche —le suplicó Gillian.

¿Worthing le estaba advirtiendo que se alejara del club infernal?

—Pero, ¿por qué no? Sabéis que esos hombres son unos monstruos. No puedo dejar que sigan con sus horribles reuniones —omitió que una parte de ella estaba tan alterada como para sentirse muy imprudente e ignorar sus advertencias.

—Mi señora, había un hombre. Me ha atacado para conseguir la carta del señor Worthing.

—¿Atacado? Cielos, Gillian, ¿estás bien? —Audrey se puso en pie de un salto, fue directamente hacia su criada y la sentó con firmeza en la silla—. Por favor, siéntate. No tenía ni idea —Gillian había sido atacada... Audrey se sintió culpable y se tragó ese sentimiento. Había empujado a su criada hacia ese peligro, y todo era culpa suya.

—Estoy bien. Lord Pembroke me ha asistido y acompañado a casa.

¿James Fordyce había ayudado a Gillian?

—¿De verdad? James es un encanto —masculló ella. Siempre lo había adorado. Era un hombre apuesto y muy atento. Parecía que siempre estaba a punto de rescatar a las damas, aunque ellas no solían necesitar ayuda—. Debería darle las gracias —añadió.

—¡No! —dijo Gillian—. Yo... es decir, el Conde de Pembroke me ha confundido con una dama, y yo... es decir, no lo he corregido exactamente.

Eso sorprendió a Audrey. ¿Su tranquila criada, quien no rompía las reglas, se había hecho pasar por una dama? En lugar de enfurecerse, Audrey se sintió impresionada.

—¿Me vas a despedir? —fue difícil ignorar la tristeza en el tono de Gillian.

—¿Despedir? —Audrey ladeó la cabeza—. ¿Por qué iba a despedirte?

—Porque he engañado a Lord Pembroke y he actuado por encima de mi posición.

—Quizás otra persona te despediría, pero no somos simplemente una ama y su dama de compañía, Gillian. Somos *amigas*. Te conozco casi tan bien como tú misma. No creo que hayas actuado mal con Lord Pembroke. Él hizo una suposición, y tú no lo has corregido. Ese es un asunto del que podemos preocuparnos más tarde. Lo que es importante es que estás bien. Deseo que descanses esta noche. Sean te cuidará.

—¿Y usted se quedará aquí, mi señora? ¿Estará a salvo? —presionó Gillian.

La seriedad de su pregunta provocó que Audrey volviera a sentirse culpable, porque ella iba a mentirle, a la única amiga en la que confiaba como una hermana.

—Estaré a salvo —le aseguró a Gillian—. Ahora vamos a meterte en la cama para que puedas descansar.

Sean acompañó a Gillian a la salida del estudio de Audrey. Cuando se marcharon, ella se desplomó en una silla y subió las rodillas hasta la barbilla. No quería pensar en todo lo que había pasado hoy. Su encuentro con Jonathan la había dejado abatida y con el corazón roto. Nunca se había sentido tan débil. Odiaba esa palabra. Su hermano y su hermana, aunque la protegían, nunca le habían permitido cultivar una personalidad débil.

No dejaré que un hombre me rompa el corazón y me doblegue. No lo haré.

Tenía que engañar a Gillian esta noche. Iba a desenmascarar a Gerald Langley y a sus amigos como los desgraciados que eran. Sin duda, sería peligroso, pero Audrey ya había hecho la cosa más peligrosa de todas —en su opinión—, cuando se había dejado caer en los brazos de Jonathan.

Las perversas lecciones de Jonathan le habían demostrado que le quedaba mucho por aprender y, sin embargo, nunca tendría la oportunidad, no con ese hombre que no la quería de verdad. Audrey se limpió las lágrimas y fue en busca de otra criada que la ayudara a prepararse para esta noche. Iba a ir sola. Al diablo con su corazón roto.

. . .

GRACIAS POR LEER *UN DESEO PERVERSO*. GILLIAN Y JAMES tienen su historia completa en el libro *El Conde de Pembroke*, que es el séptimo de la serie. Audrey y Jonathan tienen su historia en el libro ocho, *Un Oscuro Secreto*. El siguiente libro, *Un Cariño Perverso*, trata de Lawrence, uno de los hermanos de Lucien Russell del libro dos, *Una Seducción Escandalosa*. ¡Pasa la página para leer el primer capítulo de *Un Cariño Perverso*!

UN CARIÑO PERVERSO
CAPÍTULO UNO

R egla número 11 de la Liga:

UN HOMBRE DEBE RECORDAR, DE VEZ EN CUANDO, SER UN caballero, aunque crea haber olvidado cómo serlo.

EXTRACTO DE *LA GACETA DEL MONÓCULO DE CRISTAL*, 28 DE abril de 1821, la columna de Lady Society:

LADY SOCIETY SIENTE MUCHA CURIOSIDAD POR CIERTO CABALLERO llamado Señor Lawrence Russell. Su hermano mayor, el Marqués de Rochester, es un miembro muy conocido de la Liga de los Pícaros, pero en cuanto al propio señor Russell... los rumores abundan.

Lady Society se muere por saber si desea casarse, ¿o si seguirá los pasos de su hermano y se resistirá al matrimonio a toda costa? Si es lo primero, Lady Society se esforzará por encontrarle una compañera adecuada; si es lo segundo, Lady Society considera su obstinada soltería como un desafío.

Puede que usted sea un pícaro, señor Russell, pero Lady Society cree que podría ser un buen marido. Ahora, ¿con quién casarlo?

—*AHORA ME PERTENECES.*

Las palabras susurradas resonaron en la cabeza de Zehra Darzi cuando se despertó sobresaltada. De alguna manera, en las últimas veinticuatro horas había logrado dormir un poco dentro de su prisión dorada. Aquellas palabras que la atormentaban aún hacían palpitar su cabeza mientras una nueva oleada de miedo la invadía. El hombre que las había pronunciado había asesinado a sus padres y la había secuestrado en su palacio de Persia hacía tres semanas.

Al-Zahrani. Su nombre era como un veneno amargo en su lengua, y luchó contra las ganas de vomitar. Solo había pasado unos días como su prisionera —escuchando cómo se jactaba de capturarla y de sus planes de utilizarla como concubina—, antes de conseguir una oportunidad para huir.

Cerró las manos en puños y se estremeció al clavarse las uñas en las palmas. Los cortes, ligeramente cicatrizados, aún le escocían debido al árbol de ramas bajas que había escalado cerca de los muros de Al-Zahrani para liberarse. Había estado muy cerca de la libertad, la había sentido a cada paso mientras tropezaba y corría por las colinas del desierto.

Luego, tras dos días sin comida ni agua, se había desplomado en las dunas, con los labios resecos y agrietados, los ojos en llamas. Había visto a unos hombres en el horizonte, a caballo y con ropas oscuras. Al principio, había creído que eran su salvación, pero pronto se dio cuenta de que eran cualquier cosa menos eso.

Esclavistas.

Ahora estaba prisionera en un burdel inglés a miles de kilómetros de su hogar.

La mirada de Zehra recorrió la habitación por enésima vez y deseó que las mujeres que se habían ocupado de su cuidado —si se le podía llamar así—,hubieran traído una jarra de agua fresca. Estaba sedienta y habría hecho casi cualquier cosa por un sorbo de agua. Estaba oscuro afuera, y no había recibido la visita de nadie desde aquella mañana, cuando los esclavistas la habían vendido a la madrota que dirigía aquel miserable lugar. Se lamió los labios secos y se negó a llorar.

Eres fuerte. Eres la hija de un sha y de una dama inglesa. Nadie te posee, pase lo que pase esta noche.

Era el mantra que había pronunciado una y otra vez mientras los esclavistas se habían mofado de ella durante sus largos días en el mar. No había sido la única mujer que habían capturado, pero sí una de las pocas que habían dejado vírgenes. El nombre de su padre había tenido el peso suficiente para darle esa protección, al menos en cuanto a la codicia de los hombres.

—*Vender a una princesa persa y obtener un buen beneficio* —todavía podía oír la voz burlona del capitán mientras enroscaba un mechón de pelo en los dedos y le estrujaba los pechos con sus manos exploradoras antes de arrojarla a una diminuta recámara, donde había pasado las siguientes dos semanas de su viaje.

Ahora Zehra Darzi miraba la puerta cerrada que la mantenía atrapada en su nueva prisión. A través de las finas paredes de la estridente habitación podía oír los sonidos de la pasión, los gruñidos de los hombres y los gemidos de las mujeres, junto con el pesado sonido de los muebles que se movían rítmicamente. La bilis volvió a subir a su boca. Intentó no pensar en la enorme diferencia entre esta pequeña habitación y las coloridas salas abiertas y las rosaledas a los que una vez había llamado hogar.

Al menos has escapado de Al-Zahrani. No puede encontrarte aquí. Esperaba que eso fuera cierto. Durante su breve cautiverio, Al-Zahrani se había jactado de que se dedicaba a la esclavitud, como muchos hombres poderosos de la zona. Y una vez le dijo que los países occidentales pagaban muy bien por las bellezas extranjeras. Sin embargo, le había asegurado que nunca la vendería, porque él mismo quería tener el placer de quebrar su espíritu.

Ningún hombre quebraría *jamás* su espíritu.

Zehra miró fijamente el maldito pomo de la puerta, deseando que se abriera por arte de magia; no obstante, sabía que sería imposible escapar. Al ser escoltada a esta habitación, dos hombres fuertes habían montado guardia afuera, con rostros inexpresivos que daban miedo. Dudaba que se hubieran movido desde entonces.

Por décima vez desde que había sido arrojada a este dormitorio, se recostó en la cama e intentó disipar el miedo que la estaba invadiendo. No podía quedarse quieta mientras su vida y su libertad pendían de un hilo. Zehra pensó en sus opciones. Había intentado el soborno, pero la madrota y su manada de prostitutas se habían reído cuando Zehra les había prometido riquezas más allá de sus sueños. Se le había informado fríamente de que su único valor era el dinero que ella aportaría en una subasta privada esta noche. Cuando Zehra les había dicho que era mitad inglesa, con parientes en la nobleza, ellas se habían vuelto a reír, claramente incrédulas. Su piel era demasiado aceitunada, con su pelo negro intenso y sus rasgos más exóticos. No era una rosa inglesa a sus ojos.

Puedo ser una mujer, pero lucharé antes de caer en la desesperación.

Su última esperanza —algo dudosa, aunque no imposible—, era encontrar a un caballero de la subasta de esta noche que la escuchara y le creyera cuando le dijera que estaba aquí contra su voluntad. No podía ser una esclava, pues la esclavitud estaba prohibida en Inglaterra. Por supuesto, la madrota le había recordado que incluso los ingleses guardaban oscuros secretos, como los esclavos, pero seguro que esta noche habría un hombre que tendría piedad y la liberaría.

El pomo de la puerta chasqueó mientras la cerradura giraba. Zehra se apoyó en el poste de la cama, clavando los dedos en la madera. Exhaló un suspiro de alivio cuando una mujer con una peluca rubia rizada entró. El color rojo sobre la pasta blanca en sus mejillas hacía juego con el hermoso vestido rojo que llevaba.

—La madrota dice que debes usar esto esta noche. Voy a ayudarte —la mujer dejó el vestido sobre la cama y apoyó las manos en sus caderas—. Nada de travesuras. Los guardias están afuera y te atraparán rápidamente si intentas huir.

Zehra estudió el pálido rostro de la mujer. Su peluca rubia desaliñada estaba recogida en un peinado poco cuidado, y sus brazos eran delgados. Su cuerpo era esbelto, pero de una manera enfermiza. Zehra era una mujer fuerte y rellenita. Sería fácil dominarla, pero no a los guardias de afuera.

—He *dicho* que nada de travesuras —espetó la mujer—. Te veo mirando hacia la puerta. El vestido, anda —hizo un gesto hacia el vestido, el cual había tirado sobre la cama.

—Muy bien —Zehra alcanzó los botones de la parte delantera de su vestido y comenzó a deslizarlos por las pequeñas aberturas. La mujer esperó a que Zehra se quitara el vestido de viaje azul pálido antes de ayudarla a ponerse el vestido de noche de raso rojo. Se ajustaba bastante bien a la figura curvilínea de Zehra. Pero en cuanto se lo puso, una ola de náuseas la invadió. Cerró los ojos y respiró profundamente hasta que dejó de sentir ese malestar.

—Esto servirá, ¿no? —la mujer asintió con la cabeza en dirección a Zehra.

Zehra estudió su reflejo en el espejo de la esquina junto a la ventana cerrada. La seda roja iluminaba el tono claro y aceitunado de su piel, pero el corpiño era escandalosamente bajo. Se había criado en una tierra donde las mujeres no se vestían así, y sabía, por su madre, que las inglesas tampoco utilizaban escotes tan bajos.

—Los zapatos tendrán que servir —la mujer rubia se quedó mirando las acertadas botas negras de Zehra—. Y tu pelo; aquí nadie puede peinarlo como lo hacen las mujeres finas.

Aunque poseía los ojos azules brillantes y los labios carnosos de su madre, los rasgos persas de Zehra y su pelo negro azabache habían sido heredados de su padre. Hacía días que se había recogido el pelo con horquillas, mientras estuvo confinada en el camarote a bordo del barco, y no lo había tocado desde entonces. Ahora se apresuró a ajustar dichas horquillas.

—Está bien. No importará dentro de unas horas. No cuando te pongas de espaldas y te entregues a un fino caballero. Probablemente será ese tipo de piel oscura —la mujer continuó parloteando, y Zehra apenas estaba escuchando hasta que oyó las palabras "de piel oscura".

Sujetó el brazo de la mujer.

—¿Qué? ¿Qué hombre?

La prostituta frunció el ceño y Zehra la soltó.

—Un hombre estaba hablando con la madrota sobre ti. Es más oscuro que tú. Se ha enterado de que te han vendido aquí y ha intentado comprarte enseguida. Ha dicho que le pertenecías.

Las palabras de Al-Zahrani atravesaron el fino velo de esperanza al que se había estado aferrando. *Me perteneces.*

—¿Qué ha dicho exactamente? ¿Ha mencionado su nombre?

—¿Nombre? No lo he oído. Un poco extraño, curioso, ya sabe —la mujer tiró de su vestido, pero la tela arrugada era insalvable—. Ha venido antes, ese hombre. Vende chicas como tú todo el tiempo. Aunque no suele comprar. Estaba muy enfadado porque alguien más te había vendido a nosotros. La madrota le ha dicho que tiene que pujar en la subasta como todos los demás.

No... oh, cielos, no. Era Al-Zahrani. Tenía que serlo. Un extraño sabor a óxido invadió su boca y el sudor le cubrió las palmas de las manos. Él iba a comprarla esta noche. Pagaría cualquier cosa por ella. Y entonces...

—Bien, ven conmigo —la mujer se dirigió a la puerta, y Zehra la siguió, tocando el pequeño medallón de oro que llevaba en la garganta. Era lo único de valor que le quedaba, y contenía los retratos de sus padres. Al-Zahrani no había considerado ventajoso quitárselo en el momento de secuestrarla, y los esclavistas del barco no sabían que ella lo había escondido entre sus faldas. El oro se sentía cálido contra su piel, y trazó los intrincados dibujos florales, deseando más que nada que sus padres siguieran vivos, que ella siguiera dormida en su cama, teniendo una horrible pesadilla.

El burdel estaba decorado con papel de raso rojo. Unos apliques dorados iluminaban el vestíbulo mientras la prostituta conducía a Zehra hasta una puerta situada al final del pasillo. Tres sirvientes altos y musculosos iban detrás de ella, impidiendo cualquier posibilidad de escapar. Zehra metió las manos en los pliegues de las faldas para que no le temblaran. La puerta se abrió y un torrente de sonidos la golpeó. Los hombres reían y hablaban en el oscuro interior de la sala que había más al fondo. Había un pequeño escenario con una silla sobre él. En algún lugar de la oscuridad, Al-Zahrani estaba probablemente esperando, como un lobo al acecho.

La mujer de pelo rubio la empujó hacia el escenario.

—Ve y siéntate —Zehra mantuvo la cabeza inclinada, aunque no podía ver a ninguno de los hombres debido a la iluminación del escenario.

—Bueno, empezamos la subasta de esta noche con un regalo para vosotros, caballeros —un inglés habló, y luego se rio—. Deleitad vuestros ojos con esta princesa persa. ¿Qué placeres podría dar esta belleza virginal en vuestra cama? La oferta comienza en quinientas libras.

Su corazón latía con fuerza mientras los hombres empezaban a pujar. Las cifras subían cada vez más. Los pesados olores del tabaco y el alcohol flotaban en el aire, llenando su nariz de un hedor que no podía soportar. Veía las sombras de los hombres justo detrás de la luz del candelabro de techo. Ellos estaban acechando en los límites de su visión como criaturas engendradas por las sombras. Unas crueles carcajadas resonaban en la habitación, proporcionando una macabra sinfonía frente a los sonidos del burdel. Ella se concentró en la puja, intentando combatir el pánico mientras recitaba los números en su cabeza una y otra vez.

—¡Dos mil libras! —la voz de Al-Zahrani atravesó la habitación. Estaba segura de ello. Zehra no se movió, no se inmutó, aunque una parte de ella se había convertido en hielo.

Por favor, que alguien puje contra él. Preferiría tener al mismísimo diablo.

—¿Dos mil? —una voz sedosa de los alrededores soltó una risita—. ¡Cielos, esta belleza vale más que eso! Siete mil.

Ella casi levantó la mirada, preguntándose quién gastaría tanto para ser su amo, pero no lo hizo. Solo miraba a la oscuridad y no veía nada. ¿Al-Zahrani pujaría contra este otro hombre?

Por favor, que gane este diablo, sea quien sea. Prefiero que sea mi amo.

Hubo un silencio en la sala cuando el hombre que había pujado siete mil libras se carcajeó.

—Nadie lo suficientemente valiente como para pujar más alto, ¿eh? —esa voz, como un fuego cálido en invierno, hizo que su piel se calentara.

El hombre que dirigía la subasta se acercó al escenario.

—¿Alguna otra puja? Siete mil a la una... —hizo una pausa de una eternidad—. A las dos...

Zehra no podía respirar.

—*Vendida* al caballero postor por siete mil libras. Una vez que haya pagado por su dama, puede llevársela.

Zehra finalmente levantó la mirada, escudriñando desesperadamente en la oscuridad que la rodeaba, pero solo vio formas borrosas.

—Por aquí —el subastador la cogió del brazo con crueldad y la arrastró fuera del escenario, ignorando su grito. Ella tropezó.

—¡Alto! —gruñó un hombre muy próximo a ella mientras una mano sujetaba su otro brazo, firme pero suave, intentando estabilizarla—. Si vuelves a hacerle daño, te mataré, ¿entiendes? No quiero daños en mi propiedad.

—Por supuesto —el subastador aflojó apresuradamente su agarre. Zehra sabía que tendría moretones al día siguiente.

—¿Estás bien, querida? —preguntó el hombre. Zehra entrecerró los ojos en la oscuridad ajustándolos lentamente. Vio a un hombre alto y apuesto con el pelo rojo. Había rezado para que un diablo la rescatara, y había encontrado uno. Miró a su alrededor, temiendo ver a Al-Zahrani esperando para robarla.

—Sí... yo... —tragó saliva, sin saber qué más decir.

—Bien. Espérame. No tardaré mucho. Prometo no dejar que

nadie te haga daño —el hombre se dio la vuelta y desapareció entre la multitud.

¿No iba a permitir que nadie la lastimará? Sintió una ráfaga de esperanza en su interior, tan fuerte que casi sonrió. Este hermoso desconocido era piadoso. Él podría liberarla, y entonces ella podría encontrar a la familia de su madre.

—Ven, por aquí —gruñó el subastador y, una vez más, la cogió del brazo, aunque con menos brusquedad que antes, y la acompañó de regreso a su habitación. Zehra apenas oyó los gruñidos del hombre; solo podía pensar en que esta noche podría no ser tan horrible como había temido. Si lograba convencer al hombre que la había comprado de que la ayudara, podría sobrevivir—. Vendrá a por ti cuando haya pagado —el hombre se rio—. Suponiendo que tenga esa cantidad de dinero. Ningún caballero ha pagado tanto por un bicho bonito como tú. Espero que lo valgas, porque la madrota no le devolverá el dinero a nadie —el subastador se rio suavemente, y el sonido chirriante resonó en sus oídos mientras cerraba la puerta de la recámara en su cara.

Zehra tragó con fuerza. La firmeza del sonido de la cerradura en su lugar aún la aterraba, pero se aferró a la esperanza otorgada por su salvador. Zehra presionó su frente contra la madera, recuperando el aliento e intentando no llorar. Estaba asustada y esperanzada y muy agotada, pero quizás esta noche todo estaría bien.

Por favor... Que sea un hombre piadoso y me salve de Al-Zahrani.

LAWRENCE RUSSELL DESPRECIABA LA CASA BLANCA DE SOHO. Era uno de los burdeles menos reputados de Londres, y tenía un lado oscuro que hacía que incluso un pícaro experimentado como él se estremeciera de asco. Sus gustos se inclinaban más hacia el Jardín Midnight, el cual se dedicaba menos a los trabajadores sexuales contratados y más a emparejar damas y caballeros aristocráticos con necesidades similares.

Cuando seduzco a una mujer, es por deseo mutuo, no por una transacción monetaria.

Ninguna de las amantes que había tenido le había exigido ropa fina o joyas; solo le habían rogado que no abandonara nunca sus camas. Él había estado encantado de complacerlas durante todo el tiempo posible.

Miró a la multitud en el salón de juegos poco iluminado. Las mesas se habían desplazado medio metro hacia atrás para dejar espacio a un pequeño escenario, lo suficientemente grande como para acomodar a una persona en la silla que había sido colocada en el centro. La sala estaba llena de hombres, cuyo humo salía perezosamente de los cigarros encendidos mientras hablaban y bebían. Reconoció muchos rostros. Por suerte, ninguno al que considerara amigo íntimo. La subasta de esta noche y la mera idea de ella le revolvían el estómago a Lawrence.

No estaría aquí si no fuera por la carta que había recibido de su hermano menor, Avery, diciéndole que asistiera esta noche y tomara nota de los hombres que compraran la mercancía de la subasta privada.

Pero Lawrence no se había percatado de que la mercancía consistía en esclavos. Había esperado que se tratara de alguna otra actividad de dudosa reputación, la cual estaba ayudando a detener. Pero ¿esclavitud? No cualquier clase de esclavitud, sino de naturaleza íntima.

La esclavitud había sido prohibida en Inglaterra, al menos públicamente. Sin embargo, las mujeres serían vendidas al mejor postor aquí esta noche, como los caballos en Tattersall's, y sin duda serían tratadas con menos amabilidad. Se enfureció ante la idea de una mujer enfrentándose a un destino así. *Adoraba* a las mujeres. Las mujeres eran criaturas encantadoras y delicadas que merecían amantes amables, juguetones y gratificantes en la cama. No esta injusticia.

Desde el momento en que escuchó los susurros de los otros hombres en esta habitación, su corazón comenzó a llenarse de temor. Se suponía que Avery llegaría justo después de la subasta para detener a los hombres que comprarían a estas mujeres y arrestarlos.

Pero, ¿y si Avery llegaba demasiado tarde? ¿Y si algunos de los hombres conseguían marcharse antes de que concluyera la subasta, impidiendo el rescate de las mujeres? Cientos de nuevos temores surgieron en su interior mientras intentaba concentrarse y mantener la calma. Tenía que catalogar a todos los postores de la sala, no solo a los compradores e esclavos.

Uno de los hombres que dirigía la Casa Blanca se acercó al escenario y ajustó la pequeña pero elegante silla que había en el escenario. Un silencio se apoderó de la multitud y una tensión se acumuló en el aire, tan densa que Lawrence pudo sentir que lo ahogaba.

—Empezaremos en breve, señores. Por favor, tened paciencia —el zumbido de las conversaciones a su alrededor regresó. Todavía tenía tiempo antes del inicio de la subasta. Lawrence se apoyó en la pared junto a la puerta más cercana que le permitiera una salida rápida. Quería marcharse tan pronto como finalizara esta espantosa escena.

La puerta junto a él crujió y una mujer de pelo rubio y sucio condujo a una mujer vestida de rojo a la sala. Pasaron cerca de él mientras se acercaban al escenario. El raso susurró contra sus botas cuando la segunda mujer pasó junto a él. Una ligera fragancia a agua de rosas le acarició la nariz. Observó su camino hacia el escenario, siguiendo sus movimientos, odiando que aquella mujer estuviera enfrentándose a este destino. Eso era suficiente para enfermar a cualquier hombre decente.

Lawrence respiró cuando la luz bañó a la mujer mientras se acercaba a la pequeña tarima. Los hombres la miraron con lujuria y varios le hicieron crueles sugerencias sobre lo que les gustaría hacerle. Lawrence se acercó a ella y al escenario como si estuviera en un sueño. Su cabello negro azabache y su piel olivácea eran exquisitos, incluso bajo el resplandor de la única lámpara de araña que había sobre su cabeza. El vestido de satén rojo que llevaba se ceñía a cada curva, dejando poco a la imaginación. En lugar de parecer ordinaria, la mujer parecía irresistible.

Murmullos surgieron entre los hombres que lo rodeaban mientras miraban hambrientos el objeto por el que pronto planeaban pujar. Lawrence luchó contra el impulso de correr hacia la mujer, cogerla y huir después de haber empujado a todos los hombres de la sala por un acantilado muy alto.

Cuando ella se levantó la falda para subir a la tarima, él alcanzó a ver las ordinarias botas negras que cubrían sus delgados tobillos. Su cuerpo se encendió y se avergonzó de su propia excitación.

No la mires a ella, mira a los hombres. Es a ellos a quienes debes recordar.

Comenzó a desviar su atención de la mujer, pero entonces vio su rostro. Su corazón se detuvo en su pecho. Era como si todo lo que lo rodeaba se hubiera congelado, bloqueado entre una respiración y otra mientras su mirada se clavaba en el rostro de la mujer. Algo en sus rasgos femeninos y exóticos lo atrajo. Tenía unos pómulos altos y ligeramente suavizados, una boca sensual, cejas arqueadas e impactantes ojos azules que resplandecían como zafiros bajo la luz que iluminaba su rostro.

Algo se agitó en lo más profundo de su mente, como los fragmentos de un sueño ya olvidado, o quizá las hebras de un tapiz parcialmente descosido. ¿Era posible reconocer a alguien que nunca habías conocido? Esa sensación extraña no cesó, desconcertándolo. Nunca la había conocido —estaba seguro de ello—, pero, ¿por qué sentía lo contrario? *O lo había hecho...*

Maldita sea, no podía dar sentido a lo que su mente y su memoria intentaban decirle.

Uno de los empleados de la Casa Blanca se acercó al escenario.

—Empezamos la subasta de esta noche con un regalo para vosotros, caballeros —sus palabras y la exuberante belleza en el escenario captaron la atención de todos los hombres—. Deleitad vuestros ojos con esta princesa persa. ¿Qué placeres podría dar esta belleza virginal en vuestra cama? La oferta comienza en quinientas libras.

Lawrence tragó con fuerza cuando los hombres a su alrededor comenzaron a pujar.

No debes interferir. No debe hacerlo.

Todo era demasiado familiar. Comprendió que no estaba reconociendo a la mujer, sino a los sentimientos que rodeaban esta parodia. Miedo, pánico, su propia impotencia para hacer algo y detener esto. En aquel momento, él había sido demasiado joven y había llegado demasiado tarde para salvar a una mujer que había necesitado la ayuda de alguien. La ayuda de cualquiera. *Su* ayuda.

No dejaré que se repita.

Se quedó mirando a la mujer en el escenario, observando su rostro pálido y estoico mientras escuchaba los sonidos de los hombres que la reclamarían. Sus manos, sujetando sus faldas, temblaban ligeramente. Tenía que estar aterrorizada, pero lo disimulaba muy bien. No pudo evitar admirarla. En ese momento, él tomó una decisión.

No puedo dejarla a merced de estos lobos. No dejaré que el pasado se repita.

Él tenía que actuar. Al diablo con las advertencias de su hermano de limitarse a mirar y observar. Lawrence miró a la mujer, obligándose a ocultar su ansiedad y a convertirse en el relajado y escandaloso pícaro que el resto del mundo conocía. Tenía que interpretar el papel de forma convincente; de lo contrario, se arriesgaba a perderla a manos de otro hombre.

Aguanta, cariño. Te salvaré.

9 781956 227772